Allitera Verlag

Fridolin Schley wurde 1976 in München geboren, wo er heute als Buchautor und Redakteur des Literaturportals Bayern lebt. 2001 erschien sein erster Roman »Verloren, mein Vater«. Für seine Bücher wurde er mehrfach ausgezeichnet, u. a. mit dem Tukan-Preis für den Erzählband »Wildes schönes Tier«. 2015 war er einer der Autoren der Anthologie »Die Hoffnung im Gepäck« (Allitera Verlag), für die sich Münchner Schriftsteller mit Geflüchteten trafen und deren Lebensgeschichten aufschrieben.

Fridolin Schley

Die Ungesichter

Mit Illustrationen von Thomas Gilke

Allitera Verlag

Informationen über den Verlag und sein Programm unter:
www.allitera.de

Paperbackausgabe November 2021
Allitera Verlag
Ein Verlag der Buch&media GmbH, München
© 2016 Buch&media GmbH, München
© 2016 Illustrationen Thomas Gilke, Buckow
Gesetzt aus der Stempel Garamond
Umschlaggestaltung von Thomas Gilke
Printed in Europe · ISBN 978-3-86906-837-4

Später scheint es fast so, aber die Veränderungen kommen nicht über Nacht wie ein Albtraum, aus dem es kein Erwachen gibt, sondern allmählich, über einen längeren Zeitraum, all die Vorschriften und Verbote, die Patronenmänner, die Gewalt und die Toten, was manches noch schwerer zu verstehen macht – dass es da eine Zeit gibt, ganze Wochen und Monate, in der das alte und das neue Leben gleichzeitig da sind, übereinanderliegen, und das Dunkle erst nach und nach die Oberhand gewinnt, wie ein langsam eindämmernder Himmel – wie der Alltag, der weiter vor sich geht, die Schule, die Amal vier oder fünf Stunden am Tag besucht, es gefällt ihr, wenn sie morgens alle aufstehen, um die somalische Hymne zu singen, *Somaliyaay toosoo, Toosoo isku tiirsada ee*, und nach der Schule hilft sie ihrer Mutter im Haus und mit den kleinen Geschwistern, die es wie die meisten Kinder gewöhnt sind, dass es für alles Regeln gibt und diese sich ändern, je älter man wird – und so nehmen Amal und ihre Freunde vieles erst einmal hin und zucken mit den Schultern oder kichern manchmal sogar darüber, dass die Väter jetzt auf der Straße keinen Kat mehr kauen sollen, bestimmte Frisuren von den Köpfen verschwinden und die Männer sich nach und nach alle dichte Bärte wachsen lassen, irgendwann sogar Amals Vater, dem die Stoppeln zunächst bloß auf Oberlippe und Kinn sprießen, nur langsam und vereinzelt auch an den Wangen – andere Männer, darunter Nachbarn und Freunde, scheinen mit ihren Bärten auch ihr Wesen zu verändern, tragen sie bald stolz in der Moschee zur Schau, schreiten plötzlich aufrechter und selbstbewusster durch den Ort und wissen über jede neue Regel immer als Erste Bescheid – einige von ihnen gehen mit ihren Familien zu den öffentlichen Auspeitschungen und stülpen ihren Frauen dafür Socken über die Hände, um sie ganz zu bedecken, und ein paar Witwen und Alte bekommen etwas Geld von den Patronenmännern und grüßen sie fortan freundlich auf der Straße – aber am meisten stört Amals Brüder und Cousins eigentlich zunächst nur, dass sie draußen nicht mehr Fußball spielen dürfen, während Amal und ihre Freundinnen in der Nähe seilhüpfen, manchmal noch in Schuluniform, in der sie mehrmals die Woche aus dem Nachmittagsunterricht kommen, und es ärgert die Kinder, dass das örtliche Al-Furqan-Kino geschlossen wird, wo sie samstags nach dem Einkaufen oft hingehen, und dass in den Regalen keine 2Pac-CDs mehr stehen und ihre ersten Büstenhalter jetzt im Schrank bleiben müssen, wenn sie mit der Mutter zum Markt gehen, um

Gemüse zu verkaufen – mit den bunten Gewändern der Frauen, die sie, wenn sie es sich leisten können, nun gegen dunkle Abayas und Schleier einzutauschen haben, verschwinden langsam die Farben aus den Straßen, aus dem Alltag, sodass es selbst bei gutem Wetter wirkt, als liege eine dunkle Trübung über dem Dorf, und so richtig versteht Amal nicht, woher diese neuen Regeln kommen oder wo sie geschrieben stehen, aber ihr genügt schon der Anblick der Männer, die streng ihre Einhaltung überwachen – Soldaten in Tarnfleckhosen oder mit langen grünen Gewändern und bis unter die Knie aufgebauschten Hosen, dazu Sandalen und Patronenschärpen, schwere Gewehre und schwarze oder rot-weiße Tücher über den Gesichtern – am Ende der Dorfstraße stehen sie oft auf einer Anhöhe und überblicken das Treiben, kontrollieren Fuhrwerke, schicken Mädchen und Frauen nach Hause, die ohne Begleitung eines männlichen Vormundes unterwegs sind, bellen ihre Befehle in einer eigenen Mischsprache aus Somali und Arabisch, das Gewehr wie der Querbalken eines Kreuzes in den Nacken geklemmt, die Arme links und rechts darübergelegt, sodass am Nachmittag die Sonnenstrahlen auf ihren silbernen Digitaluhren blitzen – immer weht irgendwo eine tiefschwarze Fahne mit der weißen Schrift, dem

ersten Teil der Schahada, darunter das Siegel Mohammeds, die Inschriften kann Amal entziffern, seit sie in der Schule etwas Arabisch gelernt hat, doch die Erwachsenen sprechen nicht viel über die neuen Herren des Dorfes, und wenn, dann flüsternd, die Blicke zu Boden gerichtet, und nur selten vor den Kindern – neue Gesetze, heißt es … Sharia … Al-Shabaab, das gehe vorüber, bald werde die Armee zurückschlagen, das sagen sie im Radio, auf den Sendern, die jetzt verboten sind, aber bis die Armee vordrängt, müssen sie gut aufpassen, denn mit den Soldaten, die draußen patrouillieren, erst vereinzelt, dann bald systematisch und rund um die Uhr, sei nicht zu verhandeln, die Brutalsten unter ihnen hätten schon Krieg gegen die Äthiopier geführt, und seit Jahren kämpfen sie um die Hauptstadt Mogadischu, die nur fünfzig Kilometer von Amals Dorf entfernt ist – trotzdem sind sie bisher von alldem fast ganz verschont geblieben, der Krieg, das ist für Amal lange nur der Vater vor dem Radiogerät, der die Frontberichte hört und immer wieder für Minuten, in denen er ganz im schweren Rauschen verschütteter Kanäle und dem statischen Fiepen der Frequenzen zu versinken scheint, am Regler dreht, nachmittags um zwei und abends um sieben und um neun hört er BBC, so gebannt und ungeteilt

aufmerksam wie sonst keinem Menschen hört er der Sprecherin zu, bis Amal irgendwann beschließt, auch Reporterin zu werden und über den Bürgerkrieg zu berichten, obwohl in der Schule Biologie und Chemie ihre besten Fächer sind – der Krieg, das sind manche Nächte, in denen donnernd schwere Transporterkolonnen über die Hauptstraße rasen auf dem Weg nach Mogadischu, und Amal stellt sich dann im Halbschlaf schwitzende Milizionäre vor, die ihr bedrohlich zuzwinkern, und einmal, als sie mit ihrer Mutter am Shabeelle-Ufer Wäsche gewaschen hat, ist der merkwürdig aufgequollene, rücklings im Wasser liegende Körper eines Uniformmannes ganz langsam und friedlich an ihnen vorbeigetrieben – zu spät hat die Mutter Amal die Hand vor die Augen gelegt, und die Wangen des Toten waren so aufgebläht, dass es aussah, als wollte er jeden Moment einen Mund voll Wasser nach ihnen spucken, viel mehr aber hat sie vom Krieg lange nicht mitbekommen, bis ihr Herz beginnt, immer öfter zu stolpern, kurz auszusetzen, bis
zu den Geldbußen, der Prügel, bis
zu den Urteilen ohne Gericht, bis
zu den stöhnenden Blutknäueln im Staub, bis
zu den kahlen Schädeln, rasiert zum Zeichen der Schande, bis

zu den abgehackten Händen, bis

zu dem Liebespaar am Strick, das dort baumelt, bis

Amal fünfzehn ist und die Männer zu ihrem Vater kommen, in voller Waffenmontur vor ihrem Haus stehen und ihn warnen, ganz offen, sie wollen nicht herein, sagen nur, er arbeite doch als Dolmetscher und Englischlehrer für ein europäisches Schulprojekt, nicht wahr?, eine *N-G-O*, bei dem Wort stottert der Patronenmann, was ihn noch wütender macht – überall werden jetzt die Hilfsorganisationen eingeschüchtert, angegriffen, sie sollen verschwinden oder Sicherheitsgebühren bezahlen, alle weiblichen Angestellten müssen sofort entlassen werden – und die Kinder sollen kein Englisch lernen, sagen die Patronenmänner an der Tür, und keine Zusammenarbeit mit westlichen Organisationen, *keine Kooperation*, das kann Amal aus dem Nebenzimmer immer wieder hören – sie weiß, dass der Vater nicht nachgeben wird, und abends beschwört ihn die Mutter, aber er sagt, wenn auch die Schule die Jungen noch fallen lässt, werden sie Soldaten, schließen sich den Milizen an, die die armen Familien locken mit hundertfünfzig Dollar am Tag und noch höheren Rekrutierungsprämien, sogar lustige Wettbewerbe werden durchgeführt an den Wochenenden, Sportspiele, bei denen es für die Jungs geladene Waffen zu gewinnen gibt – eine weitere Drohung folgt, sein Büro wird verwüstet, alle englischen Bücher verschwinden aus den Regalen, und der Vater sagt, er beuge sich, keine Schulprojekte mehr mit den Europäern, nur noch religiöser Unterricht, Inshallah – aber Amal weiß, dass er nicht nachgibt, und ihre Mutter weiß, dass er heimlich weitermacht, und die Söhne wissen und die Nachbarn wissen und die alten Witwen wissen zu viel – und als Amal von der Feldernte nach Hause kommt, liegt der Vater schon auf weißen Laken, auf dem Rücken, Arme und Beine gestreckt, keiner spricht, die Mutter hat das Bett verschoben, damit es in die richtige Richtung weist, und Amal glaubt, Moschus zu riechen, während die Mutter den Vater wäscht und salbt, während draußen die alten Witwen herüberstarren, Gesichter sie ansehen, und sich ihre Münder langsam zu einem Grinsen verziehen, das immer breiter und breiter wird und ihre blitzenden Goldzähne entblößt, bis die Fratzen aufreißen von den Mundwinkeln her und sich die Haut langsam abschält vom Gesicht und blutig pulsierendes Fleisch darunter aufquillt – das stellt sich Amal nachts vor, während sie die Mutter im Nebenzimmer über dem Leichnam leise beten hört, und daran denkt sie wieder, als sie Wochen später auf einem Laster ins Lager gefahren wird – sie war zum Brunnen gegangen mit ihrem Cousin, um Wasser zu holen, als ein Soldat sie anhält und überprüft, sie dürfe doch nicht allein mit einem Mann zum Brunnen gehen, das wisse sie doch, und ob sie eine Hure sei, er kenne sie, sie brauche nicht zu lügen – sie müssen auf einen Laster steigen, dreißig Minuten fahren sie bis ins Lager, schmutzige weiße Plastikplanen flattern dort überall auf dürren, insektenartigen Holzgestängen und im Wind wabernden Wellblechhütten, jedes Zelt, jede Baracke ist mit anderen durch Schnüre verbunden, an denen Wäsche zum Trocknen hängt, zwei Frauen sieht Amal, die zusammengezurrte Schaumstoffmatratzen auf ihren Köpfen abgestützt durchs Lager tragen und neben einen Haufen Brennholz legen, ein paar gelbe Plastikkanister leuchten matt zwischen den Reihen – um das Lager herum nichts als Sand und die tausend Flecken kleiner Sträucher, und weit entfernt führt eine alte gekrümmte Frau, die wie eine Schnecke all ihr Hab und Gut und sogar ein Kinderfahrrad auf dem Rücken trägt, zwei Schafe an Leinen durch die Wüste – doch vielleicht will Amal das auch nur sehen, so benommen ist sie, sie fragt sich, was aus der Mutter wird, die an Diabetes leidet, und ob auch sie jetzt eine der alten Witwen wird, die am Straßenrand sitzen, sie denkt an den Cousin, der doch nur für ein paar Wochen bei ihnen zu Besuch sein wollte und jetzt gefesselt neben ihr sitzt, nichts mehr sagt und der, als ihr Wagen hält, seine Stirn auf die Hände stützt und eine Sure flüstert – vielleicht ahnt er schon, dass sie ihn nach vier Wochen erschießen werden, weil er immer wieder Ärger macht, ihn einfach erschießen und verscharren, doch bis dahin füttert er Tiere, errichtet Stacheldrahtzäune, schleppt Steine heran und schichtet sie auf für den windigen Bau einer Moschee, während Amal in der Küche arbeitet und Stockschläge auf die Hände bekommt und nachts zu Patronenmännern ins Zelt gestoßen wird, viele Gesichter sehen sie an, bis man sie schließlich verheiratet, und sie hört, dass die Mutter zum Lager gekommen ist, um sie zu holen, dass sie gesagt hat, es sei ja kein fremder Mann mit ihr am Brunnen gewesen, es sei doch nur ihr Bruder gewesen, lügt sie, aber die Patronenmänner wissen und die Nachbarn wissen und die alten Witwen wissen zu viel, und man schlägt sie und schickt sie den ganzen Weg zu Fuß wieder nach Hause – Wochen später erbricht sich Amal, liegt nachts im hohen Fieber, und im Traum sieht sie sich wieder mit ihren Freundinnen seilspringen und in der Schule ihre Hymne singen, nur dass das Seil jetzt kein Seil mehr ist, sondern eine langgedehnte Lederschärpe mit

Nacktschnecken, die sich in den Patronenösen winden, und dann sieht sie sich wieder vor dem kleinen Arbeitscomputer ihres Vaters sitzen und heimlich Musik im Internet hören, somalische Lieder von Ahmed Moge und Hip-Hop, nur dass die Tastatur jetzt keine Tastatur mehr ist, sondern eine große singende Küchenschabe – die Patronenmänner sagen, sie sei schwanger und dass sie hier keinen Platz hätten für jemanden, der nicht arbeiten kann, aber sie ist nicht schwanger, sie hat Malaria, Allah sei Dank, jetzt darf sie gehen, wie ihr Vater, wie ihr Cousin, den sie gerade erst beerdigt hat, und Amal lacht und weint und schwebt nachts im Fieber von ihrer Liege auf, langsam und leicht, sanft durch das Planendach, während unter ihr die wachenden Patronenmänner am Feuer zurückbleiben, höher gleitet sie und kann, je weiter sie sich von der Erde entfernt, desto klarer alles unter sich erkennen, das Lager, die dürren schlafenden Rinder, die im Mondschein leuchtenden Sträucher ringsum, in der Ferne sogar die bucklige Frau mit dem Kinderfahrrad auf dem Rücken, und Amal will höher steigen und hinein in die Nacht – aber etwas in ihr weiß, sie kann noch nicht gehen, und da erinnert sie sich, was ihr Vater immer getan hat, wenn er krank war, und schneidet sich in den Arm, um Blut abzulassen, trinkt Kamillentee, kanisterweise Kamillentee, sie stellt sich vor, dass alle gelben Kanister im Lager von ihr ausgetrunken werden müssen, und nach Tagen sinkt das Fieber, nachts schwebt sie nicht mehr frei über dem Lager, der Körper kommt wieder zu Kräften, zu Gewicht, sie empfindet eine irre Freude, denn plötzlich weiß sie, sie wird fliehen, sie muss an sich halten, um nicht gleich aus dem Zelt zu stürzen und wie wahnsinnig geworden loszulaufen, sie weiß, sie muss Geduld haben und auf den richtigen, auf den einen Moment warten, und so erholt sie sich langsam und liegt beim Patronenmann, sie wartet, beginnt wieder zu kochen, zu putzen, zu waschen und aufzuräumen – wenn sie etwas fallen lässt, bekommen ihre Hände den Stock zu spüren, sie betet und hält sich die Ohren zu, wenn die Patronenmänner draußen Schieß- und Granatenübungen machen, sie wartet, muss sich erholen, weiß, sie braucht Kraft auf ihrer Flucht, sie putzt und kocht und wäscht und betet, während der Stock ihre Hände trifft und hinter dem Lager Granaten explodieren, sie wartet, hält sich die Ohren zu und geht spazieren, prüft ihre Ausdauer – nachts liegt der Patronenmann bei ihr, am Tage kocht sie und wäscht und räumt auf, erholt sich und wartet, wartet auf den Stock, sie betet, geht spazieren, jetzt länger und jeden Tag ein Stück weiter, bis zum Rand eines kleinen Waldes und wieder zurück, um zu kochen und aufzuräumen, um zu warten und zu beten und nachts beim Patronenmann zu liegen – seit Tagen schon hört man in der Ferne Schüsse und Explosionen, die Regierungstruppen rücken vor, sagen die Patronenmänner und brechen auf, um sie zurückzudrängen, nur wenige bleiben im Lager, und auch die schlafen abends am Feuer ein, und als Amal noch spät in der Küche steht und abwäscht, weiß sie, dies ist die Nacht, in der sie aufschwebt aus dem Lager wie in ihrem Traum und fliegt und flieht – sie wäscht und trocknet einen letzten Teller ab, bis sie draußen nichts mehr hört, wäscht und trocknet ihn noch einmal, so sauber war noch kein Teller je zuvor, so lange wartet sie, dann schleicht sie hinaus, nimmt ihren Hidschāb in die Hand und rennt los, bis in den Wald, hindurch und weiter, um sie Dunkelheit, nur über ihr die Sterne, die sie verfolgen und verspotten, siehst du uns, sehen wir dich, und wieder ist da diese irre Freude in ihr, irgendwann beginnt sie zu lachen, zu weinen, so stark, dass sie stehen bleiben muss – dass sie aber weitermuss, das weiß sie, und rennt in den Morgen, als ob es keinen gäbe, ewig, das spürt sie, könnte sie so weiterrennen, und sie stellt sich vor, dass am Ende des Waldes, am Ende der Nacht ein schöner Mann auf sie wartet, wie in den romantischen Serienromanen, die sie früher gelesen hat, bevor die Patronenmänner kamen, und sie manchmal sogar länger in der Schule blieb, um sich in den Bücherraum zu setzen, und Lieder von Khadra Daahir kommen ihr in den Kopf, während sie rennt, *Mar cadceedu liiq tahay*, sie weiß nicht, ob sie sie jetzt hört, denkt oder singt, *lebeb iyo falaadha leh*, traurige Lieder über schöne, verlorene Männer – sie läuft, bis sie eine Siedlung erreicht, wie Mützen aus Trauerweide liegt den flachen Häusern das Stroh auf den Dächern, noch ist niemand auf der Straße, nur ein angebundener Esel mit getrocknetem, weißem Schleim in den Augenwinkeln hebt den Kopf, als ein Mädchen vorbeirennt, durch die Morgenruhe, unschlüssig vor Durst und Erschöpfung, ob es sich im nächsten Schuppen verstecken oder laut um Hilfe schreien soll – Amal weiß, sie braucht Hilfe, aber sie muss auch von der Straße herunter, weg von den erwachenden, bald aus ihren Häusern tretenden Menschen, denn auch hier gibt es Patronenmänner und Jungs, die beim Sportfest geladene Waffen gewonnen haben, und so allein auf der Straße können die Jungen und die Nachbarn und die alten Witwen sie sehen – noch immer trägt Amal ihren Hidschāb in der einen Hand, die Sandalen in der anderen, ihr schwarzer Tschador ist zerrissen vom Laufen, ihre Füße bluten, da wird sie endlich langsamer, keucht, nur einen Moment will sie sich ausruhen, nur kurz zu klaren Gedanken kommen, und setzt sich auf einen Getreidesack, legt die Stirn auf ihren zusammengeknüllten Schleier, sie weiß, sie muss ihn anlegen, um nicht aufzufallen, und erst als sie den Kopf wieder hebt und zum ersten Mal um sich blickt, durch diesen seltsam verwaisten Ort, und im ersten Zwielicht gegenüber das Schild einer Apotheke entziffert – *Julphar Pharma* steht dort, darunter schaukeln sacht die anatomischen Skizzen zweier Menschen in der Morgenbrise, durchsichtige blassrosa Körper, von fleischigen Striemen durchzogen, von Sehnen, ineinander verwobenen Muskelsträngen und wulstigen Organen, markiert in ausgeblichenen Farben –, erst da erinnert sich Amal, dass sie das schon einmal gesehen hat, oder träumt sie etwa wieder im Fieber, als kleines Kind hat sie das Schild doch immer erschreckt, bei jedem Besuch wieder, jetzt aber springt sie auf und hätte es am liebsten umarmt, das ist doch, sie ist doch in, da wohnt doch, und läuft los, ihrer Erinnerung nach, bis sie am Ende des Dorfes das Haus ihrer Bekannten erreicht, Freunde des Vaters, es wirkt viel kleiner als früher, als sie noch aufpassen musste, auf dem schmalen Balkon nicht durch die Lücken der schief hingenagelten

Balustrade zu fallen, aber noch immer steht da
der Korb mit Brennholz vor der Tür, in dem sich
manchmal Schlangen wanden, daneben der bau-
chige, längst rußige Ofen auf seinen drei eisernen
Stummelbeinen, nach oben hin verjüngt zum
Abzugsrohr, das einen spitzen Deckel trägt, ein
wenig abgesetzt über der Öffnung, sodass es für
Amal und ihre Brüder immer so ausgesehen hat,
als zückte der Ofen seinen Hut vor ihnen, sie
klopft an die Tür und spürt, wie im selben Moment ihr Herz stolpert, wie es aussetzt –
Erschrecken und Ohmacht
Vorhänge zu
Füße verbinden
Injera und Tee, endlich
schlafen, drei Tage liegen und
die Mutter herbei mit frischer Kleidung, ein paar
privaten Dingen und einem Pass, besorgt über
einen reichen Verwandten, mager ist sie geworden und müde, und Amal fragt, wie hast du das
nur bezahlt, dazu noch den Schleuser, der Tau-
sende nimmt – alles hat die Mutter heimlich auf-
gegeben, das Haus verkauft, die Einrichtung, den
Gemüsestand, nur die Diabetes hat sie noch, mit
den Söhnen will sie nach Mogadischu gehen,
dort untertauchen, im Dorf, erzählt sie, verlasse
sie das Haus kaum noch – am vierten Tag im Ver-
steck schleicht abends der Schleuser herein,

streicht Amal zur Begrüßung sanft über die Wange, keine Angst, er bringe sie bis nach London, keine Angst, dort gebe es viele wie sie, große schöne Häuser werden dort nur für die Flüchtlinge eingerichtet, sie wird wieder zur Schule gehen, sogar somalische Freunde finden, später Arbeit, es gibt viele Moscheen, in Europa ist sie sicher, und in London, da gibt es Einkaufszentren und eine richtige alte Königin, und den ganzen Tag wird Tee getrunken, keine Angst, sobald sie sich dort eingerichtet habe, werde er sich um die Mutter und die Brüder kümmern, sagt er mit weicher, leiser Stimme, während er Amal über den Kopf streicht, Hanad heiße er, sagt er und beginnt, die Pässe zu prüfen, schwedische Pässe, betont er immer wieder, er arbeite mit Pässen von schwedischen Kindern gleicher Größe, sie werden gehandelt, gemietet, verkauft – Hanad ist kleiner als Amals Vater, und das beruhigt sie irgendwie und auch, dass er eine schmale, eckige Brille trägt und nur einen schütteren, fast schüchternen Oberlippenbart und dass ihm die Stirnecken schon tief ins Haar fräsen und er sich freut, als ihm Sambusas angeboten werden, und dass er leuchtende runde Wangen bekommt, wenn er lächelt, als hätte er große Kirschen darunter versteckt, und dass er große braune Augen hat, die dann mitlächeln – Hanad sagt, es sei alles in Ordnung mit den Pässen, den schwedischen Pässen, sie werde als seine Tochter reisen, sie müssten jetzt los, noch einen zweiten Jungen abholen, seinen *Sohn*, sagt er und zwinkert Amal zu, nur leichtes Gepäck, das sei unauffälliger, ihre Mutter steckt ihr noch eilig Geld zu, schon in Euro-Scheine umgetauscht, Amal spürt den Beutel auf der Haut, und beim Abschied will sie weinen, aber ihre Mutter wird streng, fährt sie an, schnell, schnell soll es jetzt gehen, geh, geh, sonst geht es nicht, nur eine Umarmung lässt sie noch zu, und Amal atmet am Hals der Mutter tief ihren Geruch ein – im Auto beginnt Hanad, ein Lied zu summen, während Amal sich noch einmal umdreht, aber die Tür des Hauses ist schon wieder geschlossen, und das Letzte, das sie aus ihrem alten Leben noch sieht, ist das vertraute, leicht im Wind schaukelnde Schild der Apotheke, an der sie vorbeifahren und aus der gerade eine humpelnde Frau tritt, *Julphar Pharma*, und die offengelegten Körper darunter – mehrmals auf der Fahrt zum Flughafen soll Amal sich ducken, flach auf den Rücksitz legen, und wenn sie dort liegt, kann sie durchs Fenster vorbeiziehende Baumwipfel erkennen, die sie suchen, entdecken und verspotten, siehst du uns, sehen wir dich, und dahinter den Himmel, der so blau ist wie

noch nie – als sie wieder erwacht, fahren sie bereits durch Vororte von Mogadischu, der Flughafen muss nah sein, denn Amal sieht Flugzeuge über ihnen aufsteigen oder sinken mit schon ausgefahrenen Rädern – bisher ist Amal erst einmal geflogen, als kleines Kind mit ihren Eltern und nur innerhalb des Landes, der Vater hat mit ihnen Karten gespielt, um sie vom Wackeln des Flugzeugs abzulenken, und sie durften Kaugummi kauen gegen den Druck auf den Ohren – Hanad sitzt am Steuer und singt ein sehr altes Lied, singt vom Erwachen und von Händen, die sich zusammenschließen, um den Schwächsten eines Volkes zu helfen, jederzeit, seine Hand klopft den Rhythmus auf das abgewetzte Leder des Lenkrads, was ein schönes, festes Geräusch macht, und neben Amal sitzt jetzt ein Junge, den sie abgeholt haben müssen, während sie schlief – ich bin Cariim, sagt er schüchtern, und Amal fragt sich, ob er wirklich so heißt und was sie sich überhaupt sagen dürfen, was sie verschweigen müssen, sein weißes Shirt und die dunkle, glänzende Trainingshose mit blauen Streifen an den Seiten sind ihm zu groß, das sind nicht seine Sachen, denkt Amal, die hat sicher Hanad ihm besorgt, schmal getrimmte Bartstreifen säumen seine Wangen entlang der Kiefer, die sich in dem runden, weichen Kindergesicht gerade erst andeuten – er sitzt neben Amal, blickt hinaus, um sie nicht anzusehen, keiner spricht, der Wagen holpert über schlaglöchrige Straßen, und sie wackeln und wippen auf der Rückbank wie wirre Marionetten, einmal lachen sie kurz darüber, aber sprechen noch nichts und fragen sich beide, ob sie sich trauen können, während vorne Hanad in die Hände klatscht und weiter Balladen singt, vom Wind, der mit dem Regen auch den Segen Allahs bringt und selbst den kleinsten Ort noch bedenkt, und davon, wie er Amal und Cariim von Ort zu Ort bringen wird, nach Abu Dhabi, nach Dschibuti, in kleinen Schritten näher ans Paradies, in billigen Flügen und immer Last Minute, und wie er stets ihre Pässe verwahrt, die schwedischen Pässe, die er nie aus der Hand gibt, und wie er, als sie in Mogadischu die Flughafenhalle betreten, plötzlich mehr Geld von ihnen will, angeblich sind hinter der nächsten Schiebetür noch Beamte zu bezahlen und das Personal am Schalter und bei der Passkontrolle, und er singt davon, wie Gesichter sie ansehen, Männer in wechselnden Uniformen sie mustern und lauter als nötig in den schwedischen Pässen blättern und ihre immer gleiche Geschichte hören wollen und auf ihre Monitore blicken und wieder hoch, bis sich schließlich ihre Münder zu einem Grinsen verziehen und faulige Zahnstümpfe entblößen, bis die Fratzen aufreißen von den Mundwinkeln her, und wie Amal erst auf ihrem Sitz am Flugsteig wieder freier atmen kann, so ruhig ist es hier, so klar hallt jeder Schritt der Reisenden auf dem glatten Spiegelboden, auf dem sich, nach der Hektik draußen, plötzlich alle langsamer bewegen, ihre Schritte behutsam setzen, als drohte eine Eisdecke unter ihnen sonst einzubrechen oder als wandelten sie im Schlaf, und Amal sieht Cariim neben sich zittern und leise beten, während Hanad am Ende der Halle bei einem Wandtelefon steht und etwas in den Hörer zischt, ohne sie auch nur einmal aus den Augen zu lassen, und Amal blickt hoch, betrachtet das Stangengeflecht unter der Decke, stellt sich vor, daran zu turnen, in vollendeten, fließenden Bewegungen, nur um beim Abgang metertief abzustürzen und zu zerschellen, sie betrachtet die farbigen Wimpel auf den Boarding-Tischen, die Flaggen, von denen ihr eine rote mit weißem Mond am besten gefällt, an den Wänden des Flugsteigs erkennt sie vereinzelt Einschusslöcher, erkennt sie an dem helleren Gips, mit dem sie flüchtig gestopft wurden, und mit voller, anschwellender Stimme besingt Hanad, wie Amal beim ersten Start in ihren Sitz gepresst wird, als risse da etwas von hinten an ihr, das sie nicht gehen lassen will, zöge es nur fester, denkt Amal, dann könnte ich bleiben, und wie sie dann abheben und aufsteigen in den Himmel, der so blau ist wie nie, und Amal den Blick nicht abwenden kann von der kleiner werdenden Stadt unter ihnen, in der sie scheinbar, je höher sie steigen, desto klarer alles erkennt, den Medina-Markt, die Öllagerungen an der Küste, die Villa Baidoa, wo ihr Vater einmal für einen Bildungskongress war, die Straßen von Degmada Waaberi – die kleine russische Maschine, in der sie sitzen, wackelt bald so heftig und röhrt so laut, als brüllte direkt neben ihnen ein riesiges verendendes Tier, Amal hält sich die Ohren zu, sie ist müde, kann aber nicht schlafen, denn Hanad singt neben ihr davon, wie er von Flug zu Flug, von Land zu Land strenger und lauter wird und seine Stimme sich langsam verändert, alles Weiche verliert, und wie sie immer wieder ihre Geschichte durchgehen müssen, Bruder, Schwester und Vater auf dem Weg nach, das sei in, sie blieben bis, und Amal soll zeigen, dass sie auf Englisch antworten kann, das macht ihre Geschichte glaubwürdiger, das macht die Uniformmänner glücklicher, bis sie lächelnd nicken und fragen, ob sie eine Hure sei, und wie Hanad sie ohrfeigt, wenn sie Fehler machen, und welche Angst sie bald haben, vor ihm, vor den Kontrollen und den Schiebetüren, hinter denen immer neue Uniformmänner warten, sonst sprechen sie nichts, erzählen sich nichts, denken bald nichts mehr vor Hunger, denn im Flugzeug gibt es nur Schweinefleisch, sagt Hanad, und sie drücken sich Ketchup- und Senfpäckchen in den Mund, trinken Wasser auf den Toiletten, etwas anderes gibt es nicht, solange sie ihm nicht mehr bezahlen, sagt er – einmal muss sich Amal im Flugzeug übergeben, und sie schlafen und beten auf den Böden der Flughäfen, während Hanad ihre Taschen nach Geld durchwühlt, Amal spürt es auf der Haut, und sie merkt, wie Cariim, als sie in der Transithalle in Abu Dhabi sitzen, endlich anfängt, mit ihr zu sprechen, leise zu flüstern, seine Mutter sei verschleppt worden, wahrscheinlich tot, und er wollte Sprachen lernen, reisen, aber der Vater schimpfte immer nur und befahl, dass er seinen Tuchladen weiterführt, da hat er heimlich gearbeitet, oft nächtelang, hat Geld zurückgelegt, bis er den Schleuser bezahlen und fliehen konnte, vielleicht ist er deshalb ruhiger als ich und hört Musik und sieht sich Filme an, schläft und lässt sich von der Stewardess Saft bringen, denkt Amal, weil er freiwillig hier ist, weil er gehen wollte, nicht musste, und als er dann später auf einem Flug neben Amal mit Ohrsteckern Musik hört, bis sein Kopf auf ihre Schulter kippt im Schlaf, und auch Hanad sich zu ihr hinüberbeugt, um ihr Fotos auf seinem Telefon zu zei-

gen, da will sie für eine Sekunde glauben, dass sie
vielleicht wirklich eine normale Familie sind auf
dem Weg nach – in – bis – und sie greift nach den
Kopfhörern in der Sitztasche, drückt auf dem
kleinen Bildschirm auf ihrem Vordersitz herum,
sucht einen romantischen Film über schöne, verlorene Männer, doch der Film zeigt nur all die
Flugzeuge, Ankunftshallen und Passkontrollen,
in denen sie waren und die nun ineinander verlaufen wie flüssige Farbe, die Schiebetüren und
blinzelnden Anzeigetafeln, die Handgepäckbän-
der und piepsenden Metallscanner, die Laden-
schläuche entlang der Gates, alles verschwimmt,
die Aktenkoffer, die ausgerufenen Passagierna-
men und jedes Mal die Angst, der eigene Name
sei darunter, die Schilder mit blauen Pfeilen und
gelben Markierungen, die Fratzen und Mäuler
glotzender Männer, das Spiegeln ihrer Sonnenbrillen, das Rascheln ihrer Zeitungen, das hallen-
de Klackern von Absätzen, die beruhigenden,
tief und unverständlich dahingebrummten
Durchsagen der Piloten, alles verwischt, die Sei-
fenspender auf den Toiletten, die Spucktüten in
den Sitztaschen, die abgegriffenen Broschüren,
das Einrasten der Sicherheitsgurte, das fahle
blaue Licht der Monitore bei Nacht und die blas-
sen Gesichter davor mit weit aufgerissenen Augen, keiner spricht, einer dehnt sich auf dem

Gang, eine andere klatscht nach einer Landung, alles verweht, die draußen im Sturm bedrohlich wippenden Tragflächen, der Mann im schwarzen Anzug, den Amal einmal darauf balancieren zu sehen glaubt, die vorbeiziehenden Wolken, die sie entdecken, verfolgen, verspotten, siehst du uns, sehen wir dich, Hanads Summen und Cariims leises Schnarchen – der Film zeigt, wie sie schließlich landen, nach drei Tagen Reise, nach einem letzten sechsstündigen Flug, und wie Hanad sagt, wir sind da, jetzt sind wir in Europa, aber Amal weiß aus dem Unterricht, dass Kiew näher an Russland liegt als an Europa, und Hanad klapst ihr beim Aussteigen auf den Hinterkopf und fährt sie an, doch, das ist jetzt Europa, du dummes Kind, und die Menschen, die hier mit ihnen das Flugzeug verlassen, sehen fremd für sie aus, haben bleiche, breite Gesichter und wenig Haar, Amal spürt, wie auch sie verwundert angeblickt wird, als trauten die, die hier nach Hause kommen, so recht ihren schläfrigen Augen nicht, so mitten in der Nacht, so dunkelhäutig, wie sie ist, so schmal und bekleidet mit einem dunklen Hidschāb, einem fliederfarbenen, nach Tagen des Unterwegsseins schon klebrigen Hosenanzug, darüber nur ein leichter Wollponcho, und obwohl draußen tiefe Nacht ist, kann Amal durch die Fenster sehen, dass eine weiße Schneedecke auf den Landebahnen liegt, und die wenigen Männer, die da jetzt noch in orangenen Leuchtwesten arbeiten müssen, Kofferwagen steuern, mit Leuchtsignalen hantieren, tragen dicke Mäntel, Winterschuhe und Fellmützen mit Ohrenklappen, schon auf der Passagierbrücke beginnen Amal und Cariim, der barfuß in zu großen Turnschuhen steckt, zu zittern vor Kälte in ihrer leichten Kleidung – im Ankunftsbereich will Hanad noch einmal mehr von jenem Geld, das Amal auf ihrer Haut spürt, weitere fünfzig Euro für den ukrainischen Passkontrolleur, der sie wieder mustert, laut durch die schwedischen Pässe raschelt, ihre Geschichte hören will, auf den Monitor blickt, bis sich ihm die Haut vom Ungesicht schält und blutiges Fleisch darunter pulsiert, eine letzte Schiebetür, hinter der niemand auf sie wartet, nur eine einzige Frau im langen, wulstigen Wintermantel aus glänzendem Kunststoff steht dort mit einem Stück beschriebener Pappe in Händen, sieht sie an, sieht vorbei – Willkommen in Europa, sagt Hanad, als sie die Frau hinter sich lassen und weiter in die Empfangshalle treten, und breitet sogar die Arme aus, aber er sagt es schon so, als könnte er selbst nicht mehr glauben, dass diese leere kalte Halle, die wenigen für die Nacht verrammelten Stände und Läden, die verlassenen Informationsschalter

und abgeblätterten Bistro-Tische – dass dies nach
ihrer langen Reise tatsächlich Europa sein soll,
und er sagt es zu langsam, zu müde, wie einen zu
oft erzählten Witz, das ist nicht Europa, erwidert
Amal, und Cariim blickt Hanad voller Angst
und Hoffnung an, aber der lässt nur matt die
Arme sinken, unendlich erschöpft wirkt er mit
einem Mal, als sei eben ein zu lang straff gespann-
tes Seil in ihm gerissen und alles ziehe nun nach
unten, die Arme, die Beine, der Kopf, und plötzlich weiß Amal, dass er sie schon losgelassen hat,
dass er ihnen nicht mehr helfen wird – auf eine
Bank sollen sie sich setzen, sagt er, etwas zu essen
wolle er besorgen, sei gleich zurück, und als er
sich träge davonschleppt, durch die wenigen anderen Nachtpassagiere und eine Schiebetür hindurch, da beginnt er, ein sehr altes Lied zu summen, das davon erzählt, dass er sie bisher noch
nie aus den Augen gelassen hat und Amal deshalb natürlich weiß, er kommt nicht zurück, sie
will ihm noch nach, doch Cariim hält sie fest, er
kann nicht mehr, hält ihre Hand – in Kiew am
Flughafen um fünf Uhr früh, draußen ist Winter,
ihre Pässe sind fort, die schwedischen Pässe, und
Cariim weint neben ihr, bettelt sie an, noch ein
wenig zu warten, vielleicht kommt er ja zurück –
aber Amal steht auf, los, sagt sie, wir müssen
weg, bevor am Morgen die Uniformmänner

kommen, an einem Wechselautomaten kann sie einen ihrer Scheine tauschen, und im ersten Bus, der vorfährt, sagen sie Center, Center! zu dem Fahrer, das hat ihnen Hanad vor Tagen schon eingebläut, immer ins Zentrum, da findet ihr Brüder und Schwestern, der Fahrer nickt nur gähnend, noch dämmert es nicht, und während der Fahrt durch die Nacht, die Lichter, blickt Amal nach oben in den Himmel, wo nur wenige Sterne sie zwischen den Wolken verfolgen, entdecken und verspotten, siehst du uns, sehen wir dich, bei der Station mit den meisten Neonleuchten steigen sie aus, Arab, Arab, fragt Amal den Fahrer, aber der winkt ab, und Cariim sagt, er habe Hunger, sie stapfen durch den Schnee, er barfuß in Turnschuhen, auf die Lichter zu, die geschlossenen Fast-Food-Läden, einen China-Imbiss, Wettbüros, alles zieht unscharf an ihnen vorbei, fahl angestrahlte Schaufensterpuppen mit kahlen Köpfen, rasiert zum Zeichen ewiger Schande, vor dem Eingang einer Bankfiliale schlafen Menschen, eingeschnürt in Schaumstoffmatten, daneben blinken wie gerade erwacht Geschäfte für Handys, Taschen und Haushaltssachen, die Amal noch nie zuvor gesehen hat, Berge von Elektroteilen, ein Schaufenster mit nichts als Schlüsseln, und Cariim bleibt stehen vor einer Auslage mit Münzen und Barren, über der in goldenen Lettern *GOLD* geschrieben steht, endlich ein Wort, das sie lesen können, und Cariim vergisst für einen Moment seinen Hunger, seine nassen, eisigen Zehen, die er nicht mehr spürt, und fragt Amal, ob man hier wirklich Gold im Laden kaufen könne, vielleicht sind wir ja doch in Europa – irgendwann finden sie einen gerade öffnenden Imbiss mit einer Shisha auf dem Fensterbrett, Cariim fallen am Tisch gleich die Augen zu, während Amal an der Theke auf das fettige Bild einer Schale Couscous zeigt und eine Schachtel mit Teebeuteln – Cariim hat seinen Kopf auf die Arme gelegt, er schläft auf den Tisch gebeugt, während vor Amals Augen alles verwischt vor Erschöpfung, die rot-schwarzen Streifen auf den Kissen und Decken, die über Sessel und Bänke verteilt sind, die von der Decke leuchtende, zapfenförmige Lampe mit dem bunten Glasrelief und verzwirbelten Mustern in Fassung und Metallrändern, sie wirft tanzende Schatten auf Cariims schlafendes Gesicht und die dampfende Tasse Tee daneben – kühler Tabakgeruch liegt noch von gestern in der Luft, niemand ist hier außer ihnen, aber an der gegenüberliegenden Wand hängt zwischen zwei roten Vorhängen ein großer Spiegel, und darin erkennt Amal unscharf zwei weit entfernte Gestalten, einen Jungen, der nur eine leichte Windjacke über dem kurzärmligen Shirt trägt und auf seine Arme gebettet eingeschlafen ist, neben ihm ein wachendes Mädchen mit dunklem, ihm nass ums Gesicht klebendem Hidschāb und einem Hosenrock, der einmal elegant geschnitten war, glatt und fliederfarben, aber längst zerlegen ist und unterhalb der Knie vom Schneedreck verschmutzt, dieses Mädchen will nichts mehr, weiß nichts mehr und erinnert sich jetzt, während seine Füße sich langsam erwärmen und zu kribbeln beginnen, dass es sich früher oft gewünscht hat, einmal im Leben Schnee zu sehen – doch nun ist sein Gesicht im Spiegel so verschwommen, dass Amal nicht länger hinschauen kann, ohne zu fürchten, dass es ganz aufreißen könnte von den Mundwinkeln her, bald wird es draußen aufhellen, und die ersten Morgengäste werden durch die Tür kommen, man wird Wasserpfeifen entzünden und Musik mit orientalischen Gesängen einlegen, die von zwei Kindern aus Somalia erzählen und davon, wie das Mädchen sich wünscht, sein Herz bliebe stehen und es könnte sich zusammen mit dem langsam in feinen wabernden Schwaden im Raum sich ausbreitenden Shisha-Rauch einfach auflösen – aber als ein arabisch aussehender Mitarbeiter mit umgebundener Schürze erscheint, steht Amal auf und spricht ihn an, fast schreckt er vor ihr zurück, doch als sie ihm stockend ihre Geschichte erzählt, ihre wahre Geschichte, nicht die in den Pässen, den schwedischen Pässen, da sagt er, es gebe ein Flüchtlingslager in Kiew und er kenne einen somalischen Studenten, der vielleicht helfen könne, sie sollten gegenüber in dem Internetcafé warten – der Besitzer dort gibt ihnen Essen umsonst, und Cariim bietet an, dafür abzuwaschen, während Amal sich an einen der Computer setzt und ihrer Mutter schreibt, an eine geheime, kurz vor ihrer Abreise noch vereinbarte Adresse, sie schreibt, was sie erlebt haben, schreibt, wo sie und wie sie und wann sie – und dass um elf Uhr der somalische Student erscheint, ein kleiner, hagerer Mann mit schon eingefallenen Wangen, er trägt eine Lederjacke und eine hellblaue Wollmütze über dem kahlen Schädel, wie rasiert zum Zeichen ewiger Schande, und sagt ihnen, ja, es gebe ein Lager, aber man müsse darin oft monatelang warten, und zum ersten Mal, so erscheint es Amal, spricht sie mit jemandem über ihre Flucht, ohne dass sie flüstern muss – der somalische Student will sie in seine Wohnung bringen, die etwas außerhalb liegt, sie steigen in einen Bus, Cariim sieht zu Boden, auf den Saum seiner verdreckten Trainingshose, auf seine nackten, vor Kälte violetten Knöchel, er will den Blicken entgehen, die sie im Bus treffen, Gesichter sehen sie an, während Amal sich nicht von der Fensterscheibe abwenden kann, von dem Straßenverkehr, der immer dichter um sie herum fließt wie das langsam kräftiger pumpende Blut in den Venen der erwachenden Stadt, sie beobachtet die vollen Gehwege mit den Schatten der Passanten, den schaukelnden Einkaufstüten und geöffneten Geschäften, ein Zeitungskiosk zieht an ihnen vorbei, vor dem sich eine Schlange gebildet hat, jemand schimpft, zwei Kinder lachen, Kleinwagen hupen und gelbe Busse tauchen knapp unter gespannten Drahtseilen hindurch, an denen Ampeln baumeln und Verkehrsschilder mit blauen Pfeilen oder gelb markierten Rauten, *SHAKE* steht auf eine zerfledderte Litfaßsäule geschmiert, und ab und zu entdeckt Amal noch unberührten, in der Vormittagssonne glitzernden Schnee, der auf manchen geparkten Autos liegen geblieben ist – sie denkt, dass diese Stadt gar nicht so anders aussieht als Mogadischu, nur die Straßen sind breiter, die Gebäude höher, die Luft ist frischer und der Himmel so blau wie noch nie – in seiner kleinen, kaum eingerichteten Wohnung gibt ihnen der somalische Student ukrainisches Geld, Kleidung und die Adresse einer Organisation der Vereinten Nationen, dort bekämen Flüchtlinge zweitausend Hrywnja, sagt er, aber Amal schüttelt den Kopf, sie

müssen weiter, müssen nach Europa, dürfen hier nicht registriert werden, und als sie auch am nächsten Tag, nachdem sie sich endlich ausgeschlafen haben, im Computer des somalischen Studenten keine Antwort ihrer Mutter findet, bricht es aus ihr heraus, schreit sie endlich vor Wut und Trauer, schreit Cariim an, warum schreibt die Mutter ihr nicht, wie kann sie mich jetzt alleinlassen, und Cariim nimmt sie in den Arm, zum ersten Mal und überraschend entschlossen, wiegt sie und sagt, vielleicht kann sie dir nicht mehr schreiben von dort, wo sie nun ist, kann nicht mehr schreiben, wie es ihr und deinen Geschwistern geht oder was die Nachbarn und die Patronenmänner und die alten Witwen machen – oder von den drei Tagen, die Amal und Cariim in der Wohnung des somalischen Studenten verbringen, ohne sie auch nur einmal zu verlassen, und wie Amal abends am Fenster steht, auf die weinberankte Hauswand gegenüber blickt und sich erinnert, wie sie früher immer freitags die Dämmerung herbeigesehnt hat, denn am frühen Freitagabend durften sie mit ihrem Vater Comedysendungen im Fernsehen anschauen, und wenn er dabei, von der Woche erschöpft, eingeschlafen war, haben sie heimlich umgeschaltet und sich kichernd indische Bollywoodfilme angesehen mit

Tanz und Gesang, Kleidern, bunten Farben und traurigen Liedern über schöne, verlorene Männer, bis die Mutter hereinkam und schimpfte – bis ein russischer Freund des somalischen Studenten Amal und Cariim anbietet, sie für einen *Sonderpreis* nach Europa zu bringen, und als er sie nach zwei Tagen abholt, warten schon eine Äthiopierin und eine türkische Frau im Wagen – da wallt plötzlich so mächtig Panik in Amal auf, dass sie sich erst in das Auto setzen kann, als der somalische Student mit einsteigt, verspricht, sie bis zur Grenze zu begleiten – die stundenlange Fahrt durchs halbe Land beruhigt sie wieder, und sie überlegt, ob sie ihrer Mutter jemals hiervon wird berichten können, von den vorbeiziehenden Wipfeln, die sie suchen, entdecken und verspotten, siehst du uns, sehen wir dich, von der Äthiopierin, mit der Amal ein paar Brocken Amharisch tauschen kann, die der Vater ihr beigebracht hat, von ihrem Herz, das manchmal stolpert und aussetzt, von
dem Fußmarsch durch den Wald, von
dem Keller eines verlassenen Hauses, von
dem Kochtopf als Toilette, von
zwei Tagen und Nächten des Schweigens, von
dem Flüstern mit Händen und Füßen, von
dem Horchen auf Geräusche, von
den Schlangen in den Kartoffelsäcken, von

der Dunkelheit, von
den in Wasser getunkten Brotscheiben, von
dem unerträglichen Stillsitzen, von
dem Liegen zwischen alten Kartoffeln, keiner
spricht, bis in der dritten Nacht der russische
Soldat an ihnen rüttelt, Cariim zerrt Amal nach
oben, so verschlafen ist sie, zieht sie auf einen
Waldweg, und mit hartem Akzent zischt der russische Soldat *run!*, immer wieder *run, run, run,*
und sie rennen durch den Schnee, durch die Kälte, die Dunkelheit, Äste peitschen ihnen entge-
gen, werfen im Mondschein glitzernden Schnee
auf sie, Wurzeln fassen durch den Boden nach
ihren violetten Knöcheln, sie keuchen und hüllen
sich in weißen Dampf, sie fliehen und fliegen
durch den Wald und weiter, wieder ist da diese
irre Freude in Amal, die von der Angst kaum zu
unterscheiden ist, und während sie rennt, erinnert sie sich, wie sie einmal mit ihrem Vater in
einer Höhle unweit des Dorfes alte Malereien an
der Wand entdeckt hat, Bilder von unheimlichen
Wesen mit roten Schenkeln, dick geschwollenen
weißen Hälsen und kleinen verrenkten Köpfen,
könnte eine Kuh sein, hat ihr Vater gesagt, und
da erkannte auch Amal die schlanken Klauen
und drängte den Vater ängstlich, zurückzugehen,
bevor ihre Laterne erlöschen würde und diese
aufgeblähten Tiere aus dem Dunkeln kämen und

sie in die Tiefe der Höhle schleppten, aber der Vater schüttelte nur den Kopf und flüsterte immer wieder, weißt du, wie alt die sind, Amal, kannst du dir das vorstellen, und während sie jetzt in den Morgen rennt, als ob es keinen gäbe, fragt sie sich, ob sie ihren Vater jemals sonst so froh gesehen hat wie in dieser Höhle – ewig, das spürt sie, könnte sie so weiterlaufen, erst als sie einen Metallzaun mit Stacheldraht erreichen und keuchend ihre Hände auf die Knie stützen, um Atem zu schöpfen, merkt Amal, dass der somalische Student nicht mehr bei ihnen ist, und von irgendwoher hören sie Hundegebell, Amal hat Angst vor Hunden, und wo Hunde sind, da sind auch Uniformmänner, der russische Soldat bellt *go, go, go* – Cariim hilft der Äthiopierin und der türkischen Frau, hinüberzusteigen, während der russische Soldat Amal so stark von hinten anschiebt, dass sie das Gleichgewicht verliert, beim Hinunterspringen bleibt sie mit den Waden an den Metallstiften hängen und treibt sie zentimetertief ins Fleisch, *run, run, run*, aber schon nach wenigen weiteren Metern spürt Amal, wie ihre Hose in blutigen Fetzen hängt und wie ihr Fuß bei jedem Schritt in dem vollgesogenen Turnschuh schmatzt, und als sie gegen vier Uhr morgens endlich eine Pause machen und der russische Soldat ein paar Riegel Schokolade verteilt,

kann sich Amal kaum noch bewegen, so sehr
schmerzt ihre Hüfte vom verrenkten Laufen,
auch zwischen den Beinen blutet sie jetzt, Cariim
gibt ihr seine Jacke, schnürt ihr eng den Hidschāb
um die Wade, die Äthiopierin faltet ihr aus einem
Taschentuch eine Binde, und der russische Soldat
fährt sie an, droht ihr mit der Faust, weil sie ihr
Mundwerk nicht mehr kontrollieren kann, das
Schweigen nicht mehr aushält, weil sie redet und
brabbelt und kichert wie wirr, dann wird es dunkel um sie – dann wird es hell, und Amal blinzelt,
blickt um sich und sieht, dass sie auf einem frei-
en, schneegeräumten Feld entlang eines Grenz-
walls schleichen, offenbar nach einer bestimmten
Stelle suchen, vor Stunden schon müssen sie wieder losmarschiert sein, die Mittagssonne steht
direkt über ihnen, funkelt in den Schneewipfeln
der angrenzenden Wälder, und der Himmel ist
blau wie noch nie – die Äthiopierin schreit auf,
als plötzlich krachendes Hundegebell ertönt,
schnell näher kommt und im nächsten Augenblick zwei große, schlanke Windhunde über eine
Hügelkuppe auf sie zurasen, es sieht aus, als be-
rührten sie den Boden nicht beim Rennen, doch
keiner aus ihrer Gruppe läuft weg, keiner versteckt sich, keiner spricht, Amal und die anderen
verharren, gerade aufgerichtet, starr und bleich
vor Schreck – bei einem Hundeangriff sofort ste-

hen bleiben, das hat der russische Soldat ihnen gleich zu Anfang gesagt, dann ist es vorbei, und so ist es jetzt eben vorbei, denkt Amal und hält sich die Ohren zu, endlich ist es vorbei, sie stehen reglos da und sehen die beiden wild kläffenden, zähnefletschenden Windhunde auf sich zufliegen, nur Cariim hat die Fäuste zur Abwehr erhoben, und im letzten Moment, als Amal sie schon an ihren Kehlen sieht, bremsen sie ab, stemmen ihre Beine gegen den gefrorenen Erdboden, rutschen, stolpern, bellen noch wütender und bauen sich vor ihnen auf, die geifernden Schnauzen geduckt, die Lefzen voller weißem Grind, die Hinterteile emporgereckt, als wollten sie jeden Moment losspringen, so halten sie die Gruppe in Schach, bis ein Jeep gemächlich über die Hügelkuppe zu ihnen heranrollt und zwei Uniformmänner mit Sonnenbrillen und schräg aufgesetzten Filzkappen aussteigen – sie befehlen die Hunde zurück, kommen ohne Hast näher, ihre schwarzen Militärstiefel machen schöne feste Geräusche auf der harten Erde, ruhig sprechen die Männer sie in einer fremden Sprache an, und Cariim nimmt die Fäuste herunter, Amal die Hände von den Ohren, sie blickt zu Boden, während Gesichter sie ansehen, die Grenzer sie begutachten, grinsend zwischen ihnen hindurchschreiten, als wären sie Marktware, dann lachen sie und sagen etwas zu dem russischen Soldaten, der erbost antwortet und sofort die Hände hinter den Rücken gefesselt bekommt, brutal Richtung Jeep gestoßen wird, und Amal fährt sich hektisch unter ihr Hemd und zieht Geldscheine hervor, streckt sie den Uniformmännern hin, aber die lachen nur wieder und fragen, ob sie eine Hure sei – kurz darauf, als sie dicht nebeneinander im Wagen sitzen und über den Hügel fahren, über weite, gefrorene Felder und durch einen lichten Wald mit kahlen Wipfeln und Ästen, auf denen, völlig unberührt, glitzernder Schnee liegen geblieben ist, da flüstert der russische Soldat, dass sein *Kollege* von der anderen Seite sie verraten haben müsse, aber sogleich dreht sich der Grenzer um und bellt etwas zu ihnen nach hinten, und Amal kann in der Spiegelung seiner Sonnenbrille ihren traurigen Haufen sehen, wie sie von der holprigen Fahrt über Steine und Wurzeln hin und her geschüttelt werden, sieht die Äthiopierin still weinen, keiner spricht, und in dem tiefen dunklen Glas der Brille kann sich Amal auch selbst erkennen, ihr ungewaschenes Gesicht und den blutverkrusteten Hidschāb drum herum, ihre verwüstete Kleidung, und sie fragt sich, ob es nun wirklich vorbei ist und was passieren würde, wenn sie sich einfach auf die Kante des Jeeps setzen und nach hinten kippen lassen wür-

de, ob man sie dann liegen lassen oder noch erschießen würde wie ihren Cousin, und sie fragt
sich – aber sie will sich nichts mehr fragen, will
nichts mehr denken, und sie erinnert sich, dass
sie früher, wenn sie mit ihren Eltern im Bus oder
Auto saß und wollte, dass die Zeit schneller ver-
ging, immer das *Augenspiel* gespielt hat, bei dem
sie aus dem Seitenfenster schaute und darauf
wartete, dass eine Ampel, ein Leitpfahl oder La-
ternenmast an ihr vorbeischoss, und genau in
dem Moment, in dem er auf ihrer Höhe war, ex-
akt in der Mitte ihres Fensters, musste sie mit den
Augen zwinkern, als könnte sie ihn so entweder
abschießen oder einfrieren, festhalten wie mit einem in ihren Augen eingebauten Fotoapparat,
und jedes Mal, wenn sie dann nach nur einer
Hundertstelsekunde wieder nach draußen schaute, war ihr, als hätte sie noch kurz ein unscharfes
Nachbild dessen gesehen, was längst hinter ihnen lag, einen ausgefransten Baumstamm, ein
verwischtes Verkehrsschild mit blauen oder gelben Zeichen – und so blickt Amal jetzt seitlich
über Cariims Schulter hinweg in die vorbeiziehende Winterlandschaft, wartet, bis der nächste
Baum auf ihrer Höhe ist, ein schmales, kärgliches
Gerippe, das mit seinen weißen Schneegama-
schen gerade anfangen will, sie zu verspotten, da
blinzelt sie – klick – und sieht sich selbst, wie

mitten in der Bewegung zu einem Bild erstarrt, vom Jeep in den quietschenden Schnee steigen, eben müssen sie durch ein Tor ins Innere dieses roten Backsteinungetüms gefahren sein und in der Mitte des viereckigen Hofs gehalten haben, Cariim ist als Erster vom Jeep gesprungen und hilft Amal herunter, deren zweiter Fuß noch in der Luft schwebt, einer der beiden Uniformmänner, der breitbeinig neben dem Wagen steht, hat den Mund geöffnet, offenbar weist er sie an, sich auf die runde Bank zu setzen, die in der Mitte des Hofs den einzigen Baum umringt, einen vollkommen kahlen Baum, wie rasiert zum Zeichen ewiger Schande – sobald Amal auch mit dem zweiten Fuß vom Jeep gestiegen ist und sich hinter Cariim gestellt hat, wird sie sich weiter umblicken und erkennen, dass alle Fenster, die rundherum dicht an dicht auf drei Stockwerken verlaufen, mit Eisenstreben vergittert sind, über einigen stehen mit weißer Farbe Ziffern geschrieben, nur die Mauer mit dem Halbrund des Tores, durch das sie eben gefahren sind, ist etwas niedriger und wohl deshalb auf der Kante mit gerolltem Stacheldraht versehen, in einer Ecke erhebt sich jenseits der Mauer ein runder Turm, der sich nach oben hin zu einem Zinnenkranz weitet und, ein wenig abgesetzt über dem Rund, ein spitzes Steindach trägt, sodass es für Amal aussieht, als zückte der Wachturm seinen Hut vor ihnen – noch hängt ihr linkes Bein in der Luft, noch stützt sie sich im Hinuntersteigen auf Cariims ausgestreckten Arm, aber gleich wird sie erkennen, dass da bewaffnete Uniformmänner unter dem Dach des Wachturms stehen und sie beobachten, auch an einigen Fenstern zeichnen sich allmählich Gesichter ab, Gesichter anderer Häftlinge, die die Neuankömmlinge im Hof mit starren Blicken empfangen, eingefallene Gesichter von Männern, deren Alter unmöglich zu schätzen ist, von kahlrasierten Frauen und alten Witwen, von Nachbarn und Jungen, die beim Sportfest geladene Waffen gewonnen haben – doch hier im Hof ist niemand außer ihnen und den beiden Uniformmännern und einem einzelnen Häftling, der in einem langen Parkamantel und ohne auch nur einmal aufzuschauen mit einer Schneeschaufel und unendlich trägen Bewegungen die Wege räumt, die die eisbedeckte Rasenfläche des Hofs in unüberschaubaren Mustern durchkreuzen, keiner spricht, und sie werden nichts hören außer dem Knirschen der Holzschippe im Schnee, ihrem langgedehnten Kratzen und Schaben über Eis und Schotter, bis einer der Uniformmänner sich noch breitbeiniger vor sie hinstellt und ihnen in einem hartgebellten Englisch erklärt, sie seien hier in einem Auffanggefängnis, wo sie nun für sechs Monate bleiben müssten, bis ihre Fälle bearbeitet seien, und Amal hebt den Kopf, schwenkt ihn langsam von links nach rechts, bis einer der Scheinwerfermasten, die überall an den Rändern stehen, genau in der Mitte ihres Blickfeldes ist und – klick – seit vier Monaten oder vier Wochen oder vier Stunden liegt Amal nun in diesem Raum, in den vierzehn Stockbetten entlang der Wände hineinragen, es muss noch Winter sein, denn Amal friert, jeden Tag friert sie, sie bekommen zu dünne Kleidung und löchrige Decken für die Nacht, sie weiß nicht, wie lange sie diese Jeans schon trägt, das langärmelige Shirt und den weitmaschigen, matt-gelben Wollpullover, der ihr viel zu groß ist und in dem sie sich langsam schrumpfen fühlt – den ganzen Tag liegt sie auf ihrem Bett und kneift die Augen eng zusammen unter den grellen Leucht-röhren, die zu jeder Jahres-, Tages- oder Abend-zeit das gleiche fahle Licht auf sie werfen und dabei leise fiepen, als wollten sie ihr in einer noch unbekannten Sprache unaufhörlich etwas ins Ohr flüstern, ihr erzählen, wie sie direkt nach ih-rer Ankunft zum Einzelverhör mussten, wie ein Uniformmann dort an einem schmalen Holz-schreibtisch saß, vor ihm nur ein altes grünes Te-lefon und ein linierter Block, in den er, während Amal stockend spricht, mit spitzem Bleistift und in einer eleganten, weitschwingenden Handschrift immer wieder einzelne, für Amal nicht entzifferbare Wörter notiert – auf der harten Tischplatte macht das ein schönes festes Geräusch, auch spricht er leise und höflich, er will ihre ganze Geschichte hören, wie es im Dorf war und mit ihrem Vater und im Lager und wie sie dann geflohen ist mit den Pässen, den schwedischen Pässen, will Namen, Orte und Zeiten, die er ruhig und manchmal lächelnd in seinen Block schreibt, und während Amal erzählt, beobachtet sie sein kantiges Gesicht, in das die Brille so perfekt eingepasst ist, dass Amal sich nicht vorstellen kann, sie werde jemals abgenommen, sie betrachtet seine schmalen Lippen und das kleine Nest auf der Stirn, das sich leicht kräuselt, sobald der Uniformmann nickt – hinter ihm und neben ihnen sind weitere Holzschreibtische an die Wände geschoben, auf denen alte grüne Telefone stehen, und sämtliche Wände sind bis unter die Decke mit Regalen versehen, darin reihen sich dutzendfach Aktenordner, aufeinandergestapelte Ablageschalen, kleine beschriftete Kartons, zwischen denen wieder andere, genau eingefügte Holzelemente mit weiteren Schubladen stehen – alles in dem, wie Amal erst jetzt bemerkt, über und über mit Schränkchen, Kisten und Schüben angefüllten Raum scheint in eine andere, jeweils größere Form zu passen und zugleich seinerseits kleinere Teile ähnlichen Musters in sich zu tragen, in denen sich dann ebenfalls neue Stauräume für weitere Würfel, Läden und Kästen auftun, und immer so weiter, und dieses in seinen unendlich vielen ineinander verschobenen, eingewinkelten und gestaffelten Einzelteilen nicht zu fassende, sich selbst in einem unendlichen Prozess bergende und gebärende Ganze strebt von den Wänden her langsam immer näher zur Mitte des Zimmers hin, wo der Uniformmann und Amal sitzen, die gerade davon erzählt, wie sie im Lager beim Patronenmann lag, wie sie wartete und putzte und wusch und den Stock zu spüren bekam, wenn sie etwas fallen ließ, wie sie betete und sich die Ohren zuhielt, sich langsam erholte, aufräumte und nachts beim Patronenmann lag, und beim Sprechen sieht Amal, wie der Raum um sie herum mit all seinen Regalwänden, Kästen und Akten so dicht an sie herangerückt ist, dass er den Uniformmann jeden Moment von hinten anfallen und verschlingen wird, aber der sitzt nur ruhig auf seinem Stuhl und notiert etwas in den Block, während vereinzelt Schuppen auf die violetten Schulterstücke fallen und seine engstehenden Augen hinter den dicken Brillengläsern langsam aufquellen, aufreißen und sich mit der Kopfhaut vom Gesicht schälen, blutiges

Fleisch darunter pulsiert, und in jenem letzten Moment, bevor sich eins der Regale verbiegt und mit dem krachenden Geräusch berstenden Holzes von der Seite auf ihn stürzt, blickt er freundlich zu Amal auf und fragt, ob sie eine Hure – klick – seit fünf Monaten oder fünf Wochen oder fünf Stunden liegt Amal nun in dieser Zelle und blinzelt an gegen das fahle Neonlicht über ihr, es muss bald Frühling sein, denn ihre Beine sind nicht mehr ganz so dick vom langen Stehen und Liegen in der Kälte, auch wenn sich an ihren Unterschenkeln immer noch Venen zu geblähten Wülsten stauen, entzündet von den nächtlichen Bissen der Wanzen – unter ihr im Stockbett liegt Cariim, der nicht von ihrer Seite weicht, seit sie hier sind, der sie beschützt vor den Männern und Nachbarn und den alten grinsenden Witwen, mit denen sie sich die Zelle teilen und von denen einige immer nach Schnaps stinken, sie sei seine Frau, hat Cariim gleich allen erzählt, und so spricht keiner mit Amal, keiner weiß von ihrem Geld, das man ihr nach dem Verhör und der Untersuchung am Anfang abgenommen hat, angeblich um es für sie in einer Schachtel in einem Karton in einem Regal in einem Büro zu verwahren – später wird sich Amal kaum daran erinnern können, was sie in den sechs Monaten ihres *Verfahrens* überhaupt gemacht hat, außer auf dem

Bett zu liegen und die Leuchtröhren anzublinzeln – nur auf die Montagnachmittage freut sie sich, denn da arbeitet sie mit Cariim bei der nahegelegenen Baustelle, ein weiteres Gebäude soll hier entstehen, ein noch größeres Gefängnis mit größeren Büros, größeren Schreibtischen, breiteren Regalen und tieferen Schubladen, es gefällt Amal, mit einem Besen, dessen Borsten sie gestutzt hat, Bausand zusammenzuschieben, den Cariim dann in alte Betonsäcke füllt, es gefällt ihr, den Sand in trägen Bewegungen und unüberschaubaren Mustern über den Weg zu schieben und anzuhäufen, keiner spricht, und sie hört dabei nichts außer dem Knirschen des Besens auf dem Weg, dem langgedehnten Kratzen und Schaben über Sand und Schotter – samstags wird in der großen Halle gefrühstückt, und im Frühling und Sommer dürfen sie zum Essen sogar nach draußen gehen, wo man die Schreie der Männer in den Einzelhaftzellen nicht hört – am Sonntag gibt es Reis mit Huhn, an den restlichen Tagen meist nur Brot oder Brei, und während Cariim allmählich beginnt, mit anderen Häftlingen Kontakt aufzunehmen, vor allem mit den Asiaten, mit denen er Karten spielt und zum Essen geht oder nachmittags, wenn die Zellen aufgesperrt werden, draußen Runden dreht, liegt Amal ganze Tage und Wochen nur auf ihrem Bett und blickt zur Decke – man muss sich verbünden, sagt Cariim zu ihr, alleine kommt man hier nicht durch, aber Amal ist damit beschäftigt, auf ihrem Bett zu liegen, die Augen zusammenzukneifen und an ihr Geld zu denken, immerzu denkt sie an das letzte Geld ihrer Mutter, das sie nicht mehr auf der Haut spüren kann, sie fragt sich, ob es noch in dem Büro in dem Regal in dem Karton in der Schachtel liegt oder längst verdaut ist – so konzentriert muss sie an das Geld denken, dass sie kaum einmal zum Beten kommt, auch die Stimmen im Raum klingen bald wie sehr weit entfernt, sie stören sie nicht mehr, sondern vermischen sich zu einem gedämpft dahintreibenden Singsang, der Amal an das sanfte Rufen des Muezzin erinnert, das sie früher so gemocht hat – nur Cariim klettert manchmal zwei Stufen der Bettleiter zu ihr hinauf und hält ihr eine Schale mit Brei hin, du musst essen, sagt er und versucht, ihr etwas einzulöffeln, aber Amal weiß, sie darf sich nicht ablenken lassen von ihren Gedanken an das Geld, das dort in dem Büro in dem Regal in dem Karton in der Schachtel liegt und genau in diesem Augenblick leise schmatzend Schein für Schein verzehrt wird, und Cariim, der auch Wochen später noch auf der Leiter des Stockbetts steht, erzählt ihr flüsternd von den Tagen, die sie hier im Bett versäumt, vom Ästeschneiden draußen im Wald und dass sich der Junge aus Usbekistan dabei ins Knie gehackt hat, er sagt, er habe einen der ukrainischen Uniformmänner bestochen und mit dessen Guthaben seine Großmutter zu Hause in Somalia angerufen, und dann erzählt er, was die Großmutter ihm von daheim berichtet hat, und Amal will all ihre Kraft zusammennehmen und fragen, ob er auch etwas von ihrer Mutter gehört habe oder ob er auch sie anrufen könne, aber schon das erste Wort zerfällt ihr im Mund, verdickt sich zu einem zähen Schleim und quillt so quälend langsam über ihre Lippen, dass Tage und Nächte darüber vergehen – und ganze Wochen, bis sie auch nur einen halben Satz hervorgebracht hat, dessen endlos langgezogene Silben sich zu einem tiefen, teigigen Dröhnen aus langsam auf und ab wallenden Tönen vermischen, den fürchterlichen Klagelauten eines fremden, in ihr hausenden Wesens – aber all die Zeit bleibt Cariim dort auf der zweiten Stufe ihrer Stockbettleiter stehen, manchmal fragt er, ob er ihr etwas vorsingen solle, und als wüsste er, dass sie Jahre brauchen würde, um ihm zu antworten, beginnt er ihr leise ins Ohr zu summen, Kinderlieder und die Hymne ihrer Heimat, *Somaliyaay toosoo, Toosoo isku tiirsada ee*, und schließlich ein altes Lied, das davon handelt, wie Amal bald gar nichts mehr zu sich nehmen kann wegen der Krämpfe im Magen und wie ihr Hals jeden Tag mehr anschwillt, bis zuletzt selbst die Bettwanzen den Kropf nachts nicht mehr erklimmen können, und Cariim besingt die Sonntage, an denen er Amal in den Duschraum trägt und dort vor den Augen aller vorsichtig wäscht, ihr die Haare ausspült, und wie sie dabei mit letzter Kraft den Kopf in den Nacken legt und einmal durch den Wasserdampf hindurch plötzlich einen langen, geraden Riss oben im Putz der Decke erkennt, genau in der Mitte ihres Blickfeldes – klick – sechs Monate oder sechs Wochen oder sechs Stunden hat Amal nun in dieser Zelle gelegen, es muss Sommer sein, denn Cariim hat ihre Sachen aus der Registratur geholt, auch Amals Geld, das sie endlich wieder auf der Haut spüren kann, sogar ein kleines Taschengeld bekommen sie noch ausgehändigt für den Weg zurück nach Kiew, für die Rückreise nach Somalia, doch sie wollen nicht zurück, und vor dem Gefängnistor wartet bereits der somalische Student, der Sommersachen für sie im Kofferraum hat und sie sofort wieder in das Kellerloch des russischen Soldaten bringt, ihn davon überzeugt, dass sie nicht noch einmal bezahlen müssen – für den zweiten Versuch über eine andere Route, der Weg nach Ungarn sei zu gefährlich, sagt der

russische Soldat, in die Slowakei sei es weiter,
aber auch sicherer, und obwohl Amal noch immer offene Stellen an den Oberschenkeln hat
und bis auf die Knochen abgemagert ist, obwohl
sich alles in ihr zu einer fürchterlichen Enge zu-
sammenzieht und sie kraftlos bettelt, doch wenigstens noch einen Tag ausruhen zu dürfen,
müssen sie sich schon bald von dem somalischen
Studenten verabschieden, der ihnen noch eine
Tüte Datteln mitgibt, bei der Umarmung stolpert Amals Herz, es setzt aus – sie laufen
drei Tage und Nächte, frieren und rasten
nur ein paar Stunden im Dunkeln, trinken
in den Bergen aus Bächen, waten
durch Flussschilf, keiner spricht, sie pflücken
sich abends gegenseitig Blutegel von den Waden,
erklimmen
eine Steilwand über zurückgelassene wacklige
Lattenleitern, verbergen
sich in einem Höhlenvorsprung vor plötzlichem
Platzregen, legen
die Turnschuhe, die Jeans, die Jacken zum Trocknen aus, meiden
die spitzen Jägerhütten entlang des Kammwegs,
keiner spricht, sie wiederholen
manchmal für Stunden im Kopf nur ein Wort,
Karpaten, *Karpaten*, *Karpaten*, zählen
die kahlen Stämme abgestorbener Bäume, um

nicht verrückt zu werden, stellen

sich vor, hinter der schroffen Berglinie endete die
Welt und sie stolperten und fielen ins – sie stolpern vor Müdigkeit über Wurzeln, die wie Venen
aus dem Boden quellen, schleichen

durch die eingefallenen Ruinen einer verlassenen
Siedlung, streichen

im Vorübergehen über die gemauerten, einsam
aufragenden Schornsteine, entdecken

Tatzenspuren eines wilden, längst ausgestorbenen
Tiers, rutschen

auf feuchtem Moos aus und weit oben auf letz-
tem Schnee, blicken

von einem Gipfel lange hinunter auf grünes
Märchenland, blinzeln

in die gleißende Sonne und in den Himmel, der
so nah ist wie nie, treiben

einen langen Ast in die Erde und lassen

ein wehendes rotes Kopftuch daran zurück,
drehen

sich im Weitergehen noch einmal danach um,
zwängen

sich durch rostige Zäune, ziehen

sich die Shirts aus, die Jeans, die Jacken, um nicht
hängenzubleiben, sehen

den aufwölbenden Rauch eines weit entfernten
Waldbrands, und in der dritten Nacht erreichen
sie endlich eine Straße, warten dort für Stunden,

keiner spricht, sie setzen sich an den Waldrand, der an die Straße grenzt, *die Straße*, das Wort klingt für Amal, als käme es ihr nach Jahren zum ersten Mal wieder in den Sinn, als sei sie lange in einer anderen Welt gereist und hätte nur durch großes Glück den Weg zurück gefunden, und sie erinnert sich, dass sie als kleines Kind einmal mit ihren Eltern am Meer war und plötzlich auf dem Weg vom Ufer zum Handtuch die Orientierung verlor, hektisch umherlief – nicht länger als eine Viertelstunde kann sie immer panischer zwischen all den lachenden Familien und bunten Sonnenschirmen herumgeirrt sein, mit einem vorher noch nie gefühlten Ziehen im Unterleib, bald weinend und vollkommen sicher, dass ihr bisheriges Leben nun genau hier ende, bis sie mit einem Mal das vertraute dunkle Strandgewand ihrer Mutter entdeckte, sich schluchzend auf ihr Handtuch warf, ihr *Handtuch*, und einfach nicht begreifen konnte, dass für die anderen und den Rest der Welt gar nichts passiert, sondern alles noch genauso war wie zuvor – neben ihnen am Waldrand sitzend, spricht der russische Soldat jetzt in ein altes, sehr großes Handy, aber Amal weiß nicht, ob sie das vielleicht bereits träumt, und in der Frühdämmerung tauchen irgendwann zwei Schweinwerfer im Morgendunst auf, kommen näher, der russische Soldat bleibt zurück, als sie und Cariim einsteigen, nickt Amal zur Verabschiedung von außen durch die Scheibe hindurch zu, an seinen Lippen kann sie ablesen, dass er etwas sagt – und am Ende noch: Good luck, dann fahren sie weiter, keiner spricht, in der Dunkelheit ist das Gesicht des Fahrers nicht zu erkennen, aber draußen werden im ersten Licht langsam Felder und vorbeiziehende Bäume sichtbar, die sogleich die Verfolgung aufnehmen, sie entdecken und verspotten, siehst du uns, sehen wir dich, und Cariim fragt sie flüsternd, was hier eigentlich passiere, wohin fahren wir, doch sie zuckt nur mit den Schultern, sie weiß es nicht, es spielt keine Rolle mehr, nur ein weiterer Mann, ein weiteres Auto, ein weiterer Wald, es spielt auch für Cariim keine Rolle mehr, der sich nun an sie lehnt und die Augen schließt, und ebenso wenig, dass sie irgendwann eine Schranke erreichen, die wie ein normaler Bahnübergang aussieht, dazu Schilder mit blauen und gelben Zeichen und zwei gähnende Uniformmänner, die zu ihnen hineinblicken, den Fahrer erkennen und eilig durchwinken, oder dass sie dann nach nur wenigen hundert Metern schon wieder anhalten, der Fahrer sie in einer fremden Sprache auffordert, sofort auszusteigen, hinaus in den Regen, die Türen von innen zuzieht, wendet und ohne ein weiteres Wort zurückfährt – ich glaube, wir sind in Europa, sagt Cariim, immer noch flüsternd und bereits durchnässt, sie suchen Schutz unter dichten Büschen entlang der Straße, setzen sich auf einen Stein, essen die Datteln des somalischen Studenten, schlafen abwechselnd und warten, dass der Regen nachlässt, warten auf den Morgen, einen weiteren Tag, einen weiteren Mann, ein weiteres Auto – aber niemand kommt, und so gehen sie los, laufen, bis sie auf eine größere Straße stoßen, und als nach einer Weile ein Wagen mit einem Taxizeichen auf dem Dach erscheint, hebt Amal, ohne nachzudenken, den Arm – wieder ist da für einen Moment diese irre Freude in ihr, denn sie ist noch nie in ihrem Leben Taxi gefahren und erinnert sich, während das Auto langsamer wird und schließlich hält, wie sie es immer bewundert hat, wenn in den ausländischen Filmen, die sie mit ihren Freundinnen im Al-Furqan-Kino schaute, elegante Frauen mit engen langen Röcken und riesigen dunklen Sonnenbrillen aus einem Bahnhof oder Hotel auf die Straße traten, einfach eilig den Arm hoben und wie selbstverständlich sogleich ein Taxi vor ihnen stoppte – Amal sieht, dass das Auto Nummernschilder mit einem blauen und gelben Zeichen hat, ein gelber Kreis aus Sternen vor einem winzigen Kästchen Himmel, der so blau ist wie nie, SK steht darunter, und Amal weiß, was das heißt, sie sind in der Slowakei, sie sind tatsächlich in Europa, und sie fängt an, zu lachen, auch Cariim kichert jetzt neben ihr auf dem Rücksitz, versucht noch, sein Mundwerk zu bändigen, hält sich die Hand davor, aber dann breitet er die Arme aus und imitiert Hanad und seinen harten Akzent, Willkommen in Europa, sagt er feierlich, und sein ganzer Körper klappt im Lachen zusammen – der Fahrer betrachtet sie mit offenem Mund, wahrscheinlich überlegt er, wie es nur sein kann, dass da an diesem frühen Morgen plötzlich zwei fremde, eindeutig verrückte Kinder allein in seinem Wagen sitzen, durchnässt, stinkend, mit abgerissener Kleidung, und ob er sie nicht einfach wieder hinauswerfen soll, aber als Amal zu Atem kommt, sich nach vorne beugt, ihm dreißig Euro aus ihrem Beutel reicht und sagt, hospital, please, hospital, stellt er den Taxometer aus und fährt kopfschüttelnd los, bringt sie in eine kleine Stadt, hält vor einem Krankenhaus, kommt noch mit hinein, spricht mit der Frau am Empfang – ein paar Stunden später sitzen sie wieder einem Uniformmann gegenüber, beide noch in den steifen, hellen Untersuchungskitteln des Krankenhauses, wo man ihnen in einem ganz und gar weißen und vor glatten Chrom- und Plastikflächen blitzenden Raum Infusionen und etwas zu essen gegeben hat, auch ihre Wunden

und frischen Narben wurden untersucht, und
später wird ein Arzt Amal erklären, dass ihre
Schilddrüse entzündet sei, dass sie an einer aku-
ten Gastritis leide und Flussbakterien ihre offe-
nen Stellen am Bein entzündet haben, man wird
ihr Medikamente geben – aber noch sitzen sie in
diesem Besprechungszimmer der Klinik vor einem Uniformmann, der ihnen mit fast tonloser
Stimme auf Russisch Fragen stellt, nach ihrer
Herkunft, nach ihrer Flucht, aber auch psycho-
logische Fragen, wie Cariim es nachher nennt,
nach den Fratzen und Schiebetüren und Schubladen, der Uniformmann raschelt laut durch seine
Papiere, schüttelt den Kopf, wenn sie ihn nicht
verstehen, will ihre ganze Geschichte hören,
auch die der Pässe, der schwedischen Pässe, den
ganzen Tag lang müssen sie mit ihren Infusions-
beuteln, die sie an rollbaren Aufhängungen neben sich herziehen, immer wieder in dieses abge-
dunkelte Besprechungszimmer mit den bunten
Kinderbildern auf dem Fensterbrett – Amal versucht, für sie beide zu antworten, auf Englisch,
auf Arabisch, sogar mit ein paar Brocken Russisch probiert sie es, aber sie ist unsicher, was sie
sagen darf, was sie besser verschweigen soll, sie
sagt, nein, nein, sie seien nicht über die Ukraine
gekommen, und betet, dass sie im Saum ihres
Shirts das ukrainische Taschengeld nicht gefun-

den haben – der Uniformmann sieht sie an, irgendwann nickt er bloß langsam, und Amal weiß, was das bedeutet, und bettelt, nur eine Nacht hier ausruhen und in dem weißen Zimmer mit seiner hellen, steifen Bettwäsche und all den blitzenden Chromgriffen und Plastikflächen, den spiegelnden Halterungen, Schläuchen und Apparaturen schlafen zu dürfen, nur eine Nacht will sie in dieser vollkommenen, sterilen Sauberkeit versinken, niemand würde sie darin finden, nicht die Nachbarn, die Witwen oder die Patronenmänner – doch noch am selben Abend kommen weitere Uniformmänner, fordern sie auf, ihre stinkenden, abgerissenen Sachen wieder anzuziehen, drängen sie in ein weiteres Auto mit einem weiteren Fahrer, der sie schweigend durch einen weiteren Wald fährt, durch kleine Dörfer, deren Häuser verschachtelte Schindeldächer haben und auf rotgestrichenen Steinsockeln stehen, zwei kleine Mädchen, die gemeinsam einen gelben Karton tragen, winken ihnen vom Straßenrand aus zu, während weit hinter ihnen gerade eine grüne Bergkette in die Abendschatten taucht, Rauch quillt aus einem Schornstein, bestimmt werden die Mädchen gleich zum Abendessen hineingerufen, und auf einem Straßenschild kann Amal erkennen, dass sie in der Nähe von Bratislava sind – es ist schon fast dunkel, als sie das Lager erreichen, hinter einer Landerhebung liegt es plötzlich unter ihnen, eine dicht gestaffelte Zelt- und Hüttenstadt mitten im Nichts, blockweise weißgestrichene Holzverschläge und Kunststoffcontainer in Dutzenden von Reihen, die sich weit nach hinten strecken und in der näherkommenden Finsternis auflösen – an den Rändern der Blöcke stehen Toilettenzellen aus blauem oder weißem Plastik, und eine einzelne Schotterstraße führt in der Mitte hindurch, links und rechts davon ein paar schwach leuchtende Laternenpfähle, oft schon in Schieflage geraten und angetrieben von Generatoren, deren schwaches Rattern über dem ganzen Lager zu liegen scheint – einige blaue Schutzplanen haben sich von ihren Schnüren gelöst und flattern träge im auffrischenden Abendwind, was ein schönes festes Geräusch macht, und vor vielen Hütten, Containern und Zelten, die mal raupenartig auf dem Boden kauern, mal wie Indianerzelte spitz nach oben hin zulaufen, rufen Schattengestalten ihre noch herumtollenden, einander in Schubkarren schiebenden Kinder herbei, während sie im Schein blau entzündeter Gaskocher oder kleiner Lagerfeuer auf leeren, umgedrehten Farbeimern sitzen und Essen zubereiten – als sie näherkommen, schließlich auf den Schotterweg einbiegen und langsam ins Innerste des Lagers rollen, auf einen Block mit gemauerten, aber nie verputzten Bungalows zu, deren Blechdächer mit riesigen silbernen Wassertanks beschwert sind, sieht Amal, dass auf einige Containerwände arabische Schriftzeichen gesprüht sind, und dahinter, in der Ferne, glaubt sie einmal die verschwommene Silhouette einer alten buckligen Frau zu erkennen, die ein Kinderfahrrad auf dem Rücken trägt und zwei Schafe an Schnüren hinter sich herführt – zwischen all den bunten Plastikwannen, Eimern, abgerissenen Wäscheleinen und kaputten Spielzeugen, die entlang der Straße und auf den schmalen Wegen zwischen den Behausungen herumliegen, blitzen plötzlich auch überall jene gelben Kanister auf, die Amal aus dem Lager in Somalia kennt, und eine Schrecksekunde lang ist sie nicht mehr sicher, ob sie sich all das, was seitdem geschehen ist, vielleicht nur erwünscht oder im Malariafieber erträumt hat und in Wahrheit noch immer dort ist und nachts beim Patronenmann liegt – aber dann hält der Wagen, und kein Milizionär reißt die Tür auf, sondern eine offenbar sehr müde Frau mit rotem, fast wie zu einem Turban gebundenen Kopftuch empfängt sie freundlich und führt sie durch eine Tür aus rostigem Wellblech in ein enges Büro, provisorisch aus Betonquadern mit noch feuchten Mörtelspuren zusammengeschustert, wo sie ih-

nen erklärt, dass sie nun ein paar Wochen oder
Monate hier bleiben müssten, bis ihr Verfahren
geklärt sei, auch weitere Verhöre durch die Poli-
zeibehörden seien notwendig, aber sie müssten
keine Angst haben, dies sei kein Gefängnis, und
tatsächlich bekommen sie am Ende eine Schlaf-
liege mit Bettdecke in einem großen Sammelzelt
zugewiesen, kriegen Sandwiches zu essen, Seife
zum Duschen, Waschmittel für ihre Kleidung,
Plastiksandalen und frische Zahnbürsten – Amal
bleibt lange unter der Dusche stehen, lauscht mit
geschlossenen Augen dem Rauschen des Was-
sers, das aus dem dünnen, mit einem rostigen
Brausekopf versehenen Leitrohr kommt, und
zum ersten Mal, so erscheint es ihr, kippt da eine
unsichtbare Waage in ihr, werden die Nachbarn
und alten Witwen, die Patronen- und Uniformmänner überwogen von all den Menschen, die
ihr geholfen oder es zumindest versucht haben,
die Bekannten des Vaters in dem kleinen Dorf,
der Mitarbeiter des arabischen Imbissladens, der
somalische Student, die Äthiopierin, der Taxifah-
rer, die müde Frau mit dem Turban und natürlich
Cariim, ihr Bruder, der schon hinter ihr drän-
gelt – aber sie bleibt so lange unter der Dusche,
vor den weißen, an vielen Stellen bereits gesprun-
genen Kacheln stehen, bis kein warmes Wasser
mehr kommt, und als sie bald darauf auch ihre

Sachen gewaschen und zum Trocknen aufgehängt haben, in Wolldecken gehüllt durch das dunkle Zelt und die Reihen der schon Schlafenden zu ihren Feldliegen geschlichen und erschöpft darauf niedergesunken sind, da flüstert Cariim noch zu ihr hinüber, dass sie doch einfach hier bleiben könnten, das sei doch auch schon Europa, etwas Flehendes liegt in seiner Stimme, aber Amal antwortet nicht, sie tut so, als sei sie bereits eingeschlafen, um ihm nicht sagen zu müssen, dass sie hier nicht bleiben können, dass man sie in Kettenabschiebungen zurück in die Ukraine, zurück ins Gefängnis schicken würde, das hat der russische Soldat ihr gesagt, und so liegt sie nur da, blickt auf die Zeltstoffplane über ihnen und lauscht auf das tiefe, langsame Atmen der Geflüchteten um sie herum, die aus ganz anderen Ecken der Welt kommen und doch nach langen Wegen, die Amal jetzt als unüberschaubare, einander durchkreuzende Muster vor sich sieht, nun hier so nah bei ihr liegen – draußen hört sie immer noch die Generatoren brummen und stellt sich, kurz bevor sie selbst einschläft, vor, es sei das sanfte Schnarchen dieses riesigen Lagerwesens, das vielleicht gerade träumt, wie sie und Cariim die nächsten zwei Wochen hier verbringen, wie sie in ihrem Zelt Menschen aus Georgien und dem Irak kennenlernen, Cariim

mit anderen Männern auf einem abgeernteten
Feld Fußball spielt und Amal einmal am Nachmittag mit auf die Hüpfburg steigt, die man für
die kleineren Kinder aufgestellt hat, wie sie lachen muss, als sie auf dem luftigen, unter ihr sich
immer wieder wegwölbenden Gummibett keinen Halt findet, das Springen der Kinder sie auf
und nieder wirft, auf den Bauch, auf den Rücken
federn lässt, und einmal so stark hochschleudert,
dass sie dem Himmel entgegenfällt und dabei, je
höher sie steigt, desto klarer alles unter sich erkennen kann – das Gebäude für die Registrierun-
gen, in dem sie am zweiten Tag ein Formular mit
blauen und gelben Zeichen ausfüllen mussten,
ein Plastikarmband und eine Stempelkarte zum
Ausstanzen jeder Mahlzeit und aller Dinge beka-
men, die man ihnen aushändigte, ein ausgestanz-
tes Kästchen für das Kochgeschirr, eins für die
Plastikwanne, für die Plane, die Kekse und den
Wasserkanister – sie sieht die langen, mit getrockneten Farbklecksen übersäten Holztische,
gestapelte Teller aus billigem, brüchigem Porzel-
lan darauf und Blechschüsseln, mit denen man
für die Ausgabe von Reis- und Getreidegerichten
ansteht, daneben die niedrige Mauer, an der die
Männer über die heißen Mittagsstunden im
Schatten sitzen und mit ihren Gebetsketten klim-
pern, jenseits davon der Steinbrunnen, der an die

hundert Menschen versorgt und an dem schon
frühmorgens die Frauen Wasser für den Tag
schöpfen – Amal muss dabei immer an ihren
Cousin denken, daran, wie sie zu Hause von dem
Patronenmann festgenommen wurden, und vielleicht will sie deshalb nie, dass Cariim sie zum
Brunnen begleitet – sie kann ihren Bruder jetzt
weit unter sich erkennen, wie er an der Feuerstel-
le Tröge und Töpfe vom Vorabend säubert und
hinter einem Windschutz aus Stroh verstaut, damit kein anderer sie an sich nimmt, sie sieht den
Lagerhund, der niemandem gehört, aber von allen Lupus gerufen wird, träge durch die Hitze
trotten, an den herumstehenden leeren Benzin-
kanistern und Wäschekörben schnuppern, bis
eine Gruppe von afghanischen Frauen, die mit
Holzmörsern Zutaten für das Abendessen klein-
malmen, ihn schimpfen und lachend vertreiben –
eine von ihnen gibt ihrem Säugling gerade aus
dem langen Schnabel einer Blechkanne zu trinken, während andere Frauen weiter hinten aus
dem Gebetsbau kommen und zwei Männer grüßen, die daneben eine kleine Werkstatt eingerichtet haben, auf selbst gebauten Stühlen aus Schnüren und Gestänge davorsitzen und damit beschäftigt sind, Handyschalen zu reparieren –
Amal macht eine durchgerostete Öltonne im
Eingang der Werkstatt aus, die darauf wartet,

geflickt zu werden, sogar ein plattes Fahrrad liegt da, und sie entdeckt das weiß leuchtende Krankenzelt, in dem ein slowakischer Arzt sie am dritten Tag nach ihren Impfungen befragt, ihr eine Spritze gegeben und mit einem Bleistiftstummel Zahlen und Daten in ein riesiges Buch voller Listen und Tabellen notiert hat – von oben erscheint das Lager wie ein bunter Flickenteppich, denn auf fast alle Zelte und Dächer haben die Menschen ihre Decken, Laken und Kissen zum Auslüften gelegt, um Waschwasser zu sparen, immer kleiner werden die dazwischen umherwuselnden Gestalten – Kinder durchstreifen in lärmenden Gruppen das Lager auf der Suche nach herrenlosen Gegenständen, aus denen sie sich Spielzeug basteln können, Holzautos und Schiffe, auf die sie die Älteren die Namen ihrer Heimatländer schreiben lassen, und hinter dem Fußballfeld sieht Amal, wie einige Männer beim Bau neuer Hütten helfen, an einer alten, verkrusteten Zementtrommel drehen, Autoreifen zu Stützpfeilern auftürmen oder mit Hobeln einen Stapel Bretter bearbeiten – etwas abseits stehen die beiden umgedrehten Farbeimer, auf denen Amal und Cariim nachmittags oft sitzen und überlegen, wie es nun weitergehen soll, sie streiten darüber, denn Cariim will ohne Schleuser los, will das Geld sparen und niemandem mehr vertrauen müssen, aber Amal weiß, sie hat noch 380 Euro übrig, die sie nachts auf ihrer Haut spüren kann, aber keine Kraftreserven mehr für weitere Umwege, und als ihnen ein Vietnamese beim Fußballspielen anbietet, sie für 100 Euro in einem Auto bis nach Wien zu bringen, flüstert sie abends im Dunkeln zu Cariims Liege hinüber, wir machen das jetzt, aber Cariim antwortet nicht, und Amal kann an seinem Atem hören, dass er nur so tut, als sei er eingeschlafen – es ist noch dunkel draußen, als sie sich zwei Tage später morgens aus dem Zelt schleichen, ihre Beutel haben sie schon am Abend gepackt und unter den Liegen versteckt, alles schläft, nur der Georgier, der an Schlaflosigkeit leidet, schlägt die Augen auf, als sie an ihm vorbeihuschen, Amal lächelt ihm zu und glaubt zu erkennen, dass seine Lippen ein paar fremde Worte formen – und am Ende noch: Good luck – draußen schnarchen leise die Generatoren, vereinzelt glimmt Glut in den Feuerstellen, und sie meiden die beleuchtete Lagerstraße, wo auch Lupus seinen Schlafplatz hat, laufen Ecken und Kurven durch die engstehenden Hütten und Zelte, einmal stolpert Cariim über einen Stapel Plastikflaschen, aber nichts regt sich, niemand begegnet ihnen auf dem Weg hinaus und hinauf auf die Anhöhe, wo die Luft augenblicklich kühler wird und Amal kurz stehen bleibt und sich außer Atem noch einmal umdreht, die Arme auf die Knie gestützt, und auf das im Dunkeln kauernde Lager hinunterblickt – wie vor zwei Wochen bei ihrer Ankunft, und sie fragt sich, wie viele der dort schlafenden Hoffnungen sich erfüllen werden, ob es der irakische Junge bis nach Südengland schafft, wo seine Cousins angeblich als geduldete Illegale auf Baustellen arbeiten, sie fragt sich, wo die schwangere Frau aus dem Sudan ihr Kind zur Welt bringen wird und ob dieses jemals seinen Vater kennenlernt, der einmal ein bekannter Basketballspieler gewesen sein soll und sich jetzt den Rebellen angeschlossen hat, aber da zieht Cariim sie schon weiter, hinter den Hügel, wo ein Auto auf sie wartet, ein Kombi, der sofort den Motor anlässt, nachdem der Fahrer am Steuer sie erblickt hat – der Vietnamese schimpft, sie kämen spät, und auf dem Beifahrersitz kann Amal noch einen weiteren Mann erkennen, einen Türken, der mit ihr einmal vor dem Krankenzelt gewartet hat, sie sollen sich ducken, zischt der Vietnamese, als sie hinten eingestiegen sind und Amal ihm einen säuberlich zusammengefalteten Hunderteuroschein gereicht hat, sie fahren los, rollen ohne Licht durch die Dunkelheit, so langsam zunächst, dass Amal die Steine unter den Rädern einzeln knirschen zu hören glaubt und das schöne feste

Geräusch des Einrastens im Getriebe, wenn der Vietnamese den Gang wechselt – erst als sie außer Hörweite des Lagers sind, beschleunigt der Vietnamese und schaltet die Scheinwerfer ein, aber Amal und Cariim bleiben flach auf den Rücksitz geduckt, die Beine in den Fußraum gewinkelt, die Köpfe gegen die Türen gelegt, die Fensterkurbel drückt Amal in den Nacken, während sie über Cariims Kopf hinweg nach oben aus der Scheibe blickt, in den Himmel, der hinter den Wolken noch fast finster ist, dann müssen sie ein Waldstück erreichen, denn schwarze Silhouetten von Baumwipfeln ziehen nun vorbei, die Amal dort zusammengekauert im Auto entdecken, verfolgen und verspotten, siehst du uns, sehen wir dich, aber im gleichmäßigen Schaukeln des Wagens und seinem sanften Schnurren fallen ihr bald die Augen zu, und in ihrem Kopf wiederholt sich immer wieder dieses eine Wort, *Vienna*, *Vienna*, *Vienna*, schöner, glaubt sie, kann eine Stadt nicht heißen, und zum ersten Mal erlaubt sie sich den Gedanken, dass sie es vielleicht wirklich geschafft haben, denn Wien ist alter Westen, das haben sie im Lager gesagt, wer Wien erreicht, der kommt auch bis nach Deutschland, Holland oder London, und jetzt erst, während Amal schon nicht mehr weiß, ob sie bereits eine Stunde fahren oder erst eine Minute, fällt ihr auf, dass sie lange nicht mehr darüber gesprochen haben, wohin sie eigentlich wollen, wo diese ziellose Reise enden soll und ob sie überhaupt jemals enden darf – sie erwacht, als ihr Kopf von dem Aufprall des Wagens gegen die Rückenlehne des Beifahrersitzes geschlagen und von dort wieder zurückkatapultiert wird, später im Gefängnis wird sie die Kruste getrockneten Blutes an ihrem Kopf ertasten, doch jetzt, im ersten Moment, da das Auto abrupt zum Stehen gekommen ist, spürt sie keinen Schmerz, sie blickt auf, sieht Cariim neben sich, dessen Mund und Augen weit aufgerissen sind, sieht, wie die beiden Männer auf den Vordersitzen vollkommen reglos verharren, keiner scheint verletzt zu sein, keiner spricht, nur mit der Zeit stimmt etwas nicht, mit der Art, wie die Dinge um Amal herum ablaufen, sie dreht den Kopf, schaut durch die Scheibe auf ihrer Seite nach draußen in den trüben Dunst und hat das Gefühl, als bewege sich alles um sie herum unendlich langsam, wie in starker Zeitlupe, und zugleich so schnell, dass die Sekunden nicht mehr aufeinander folgen und eine Handlung die andere ablöst, sondern alles gleichzeitig geschieht, so unmittelbar *da* ist und genau über ihr zusammenschlägt, dass, wie bei manchen Autoreifen, deren Felgen in schneller Fahrt plötzlich stehen zu bleiben oder sich langsam rückwärts zu

bewegen scheinen, das ganze rasende Geschehen
zusammen einen einzigen quälend-trägen, nicht
vergehenden Augenblick ergibt – niemand hat
sich gerührt, auch der Vietnamese umklammert
noch mit beiden Händen das Lenkrad, ist aber
scheinbar gleichzeitig bereits aus dem Wagen gesprungen und läuft, ohne zu zögern, los, er zischt
noch *run, run, run* in ihre Richtung, während ein
anderer Teil von ihm nach wie vor ganz ruhig da-
sitzt und durch die Windschutzscheibe auf den
silbernen Transporter blickt, als warte er gedul-
dig auf das Umspringen einer Ampel oder darauf, dass er selbst, leicht humpelnd, endlich den
Gehsteig und schließlich eine enge Seitengasse
zwischen zwei Wohnblöcken erreicht und darin
verschwindet, die Fahrertür hat er offen gelassen,
sie federt noch etwas in ihrer Halterung, als der
Vietnamese schon längst vom Morgennebel verschluckt ist und das schnelle Schlagen seiner
Schritte auf den Pflastersteinen in der Ruhe des
anbrechenden Tages allmählich verhallt – neben
ihm sitzt der türkische Mann, der vor wenigen
Sekunden, direkt vor dem Aufprall, noch laut
aufgeschrien hat, nun aber, als sei nichts geschehen, die Gebetskette in seiner Hand weiterbe-
wegt, eine einzelne Perle langsam über die Schnur
zieht, und als er sie behutsam mit dem Daumen
an ihre Vorgängerin klacken lässt, ist auch sein

Platz plötzlich leer und er mit den schweren, kurzen Schritten eines älteren Mannes, der das Rennen nicht mehr gewöhnt ist, über die Straße mit den Trambahnschienen geflüchtet, dem Vietnamesen in die Gasse nach – doch ihm blicken die vier ebenfalls nicht hinterher, sondern sehen schockstarr nach vorne hinaus, auf den silbernen Kleintransporter, dessen linke Vorderseite sich in den Kotflügel des Kombis gebohrt und dort offenbar verkeilt hat, Amal kann von hinten, aus dem Fußraum heraus, den Schaden nicht ausmachen, nicht abschätzen, wie heftig der Zusammenstoß war, aber zwischen den Schultern des Vietnamesen und des Türken hindurch erkennt sie im Streulicht der sich gegenseitig blendenden Scheinwerfer das Gesicht des anderen Fahrers, der leicht erhöht zu ihnen mit geöffnetem Mund in seiner Fahrerkabine sitzt, Amal seinerseits vollkommen erstarrt aus schreckgeweiteten Augen ansieht und sich dann selbst dabei zu beobachten scheint, wie er die halbherzige Verfolgung der beiden Flüchtenden schon nach wenigen Metern aufgibt und stattdessen zum Kombi zurückeilt, am Griff von Cariims Hintertür zieht und laut in einer fremden Sprache schimpft – doch die Tür ist von innen verriegelt, und als Amal, gleich nachdem ihr Kopf im Schlaf gegen den Vordersitz geprallt ist, zu Cariim hinübersieht, sind dessen Mund und Augen vor Schmerz weit aufgerissen, denn seine angewinkelten Beine klemmen im Fußraum unter dem Vordersitz fest, den der Zusammenstoß gewaltsam verschoben hat, *run, run, run* zischt der Vietnamese jetzt, da er losläuft, und Amal will schon ihre Tür öffnen und ihm und dem Türken hinterher, bloß fort von dem Fahrer des Transporters, der immer noch mit offenem Mund aus seiner Kabine zu ihnen hinunterblickt, während er gleichzeitig schon an Cariims Tür reißt, wütend aufs Dach schlägt und schließlich sein Handy aus der Tasche zieht, um wild gestikulierend die Polizei zu rufen, aber Cariim sieht Amal nur an und schüttelt den Kopf, er kann nicht fliehen, er ist eingeklemmt, und so lässt auch Amal den Türgriff los, drückt ihren Verriegelungsknopf nach unten und stemmt sich hoch, setzt sich endlich auf den weichen Rücksitz, wobei ihre Knie knacken und die eingeschlafenen Schenkel zu kribbeln beginnen, sie lehnt sich zurück und schaut aus ihrem Fenster, ist das schon Vienna, fragt sie, und wieder schüttelt Cariim den Kopf, nein, Bratislava – im Morgendunst zerfranst die Stadt zu wenigen unscharfen Konturen, die hier und da aus dem Zwielicht auf- und gleich wieder abtauchen, ein paar wenige Menschen, die den Unfall auf ihrem frühen Weg zur Arbeit beobachtet haben, sind vorsichtig nähergekommen, zeigen auf Cariim und Amal und in Richtung jener Gasse, in der der Vietnamese und der Türke verschwunden sind, Gesichter sehen sie an, doch der Fahrer des Transporters, ein großer, hagerer Mann mit Baskenmütze, auf dessen hellem T-Shirt *Fitch* gestickt ist, scheucht jeden laut vom Wagen weg, der versucht, die Türen der beiden Kinder zu öffnen oder durch die offenstehenden Vordertüren mit ihnen zu sprechen, immer wieder ruft er dann etwas von *Policia* und schlägt dazu triumphierend mit der flachen Hand auf das Wagendach – Cariim fährt bei dem Krachen jedes Mal vor Schreck auf, aber keiner spricht, es gibt nichts mehr zu sagen, und Amal sieht die Menschen, die Arbeiteroveralls tragen oder Bürokostüme, zögerlich wieder ihren Weg aufnehmen, an ihnen vorbei und über einen Zebrastreifen gehen, der mit den Trambahnlinien, dem Mittelstreifen und den weiß markierten Parkbuchten unüberschaubare, einander kreuzende Muster bildet – in den angrenzenden Fachwerkhäusern und Geschäften sind schon vereinzelt Fenster erleuchtet, die Straßenlaternen brennen milchig im ausdünnenden Nebel, eben noch geparkte Autos werden angelassen und umkurven vorsichtig die Unfallstelle, die eine Seite der Straße blockiert, an einem Wartehäuschen wechselt eine rotierende Werbefläche zum nächsten Motiv, einer im Tropensand steckenden Bierflasche, und als Amal, kurz bevor zwei Polizeiwagen mit Blaulicht um die Ecke biegen, jenseits eines kleinen Parks die Planen noch ruhender Marktstände zu erkennen glaubt, denkt sie daran, wie sie früher, wenn sie ihre Mutter zum Markt begleitete, immer genau diese Stunde besonders gemocht hat, diese wie heimlich gefunden empfundene Zeit des Vorbereitens, ihre von langsamen, aber zielgerichteten Bewegungen und Abläufen getragene Ruhe, bevor die ersten Kunden kamen, das eingeübte Zusammenspiel mit der Mutter beim Auslegen der Ware, das säuberliche, nach Farben und Formen gerichtete Anordnen, das einverständliche, leise Begrüßen der anderen Marktfrauen und überall der an den Ständen aufsteigende Dampf von Bechern mit heißem Tee – mit auf den Rücken gefesselten Händen werden sie zur Polizeistation gefahren, ein weiterer Wagen, ein weiterer Uniformmann, ein weiteres Büro mit Regalen, Akten und Schubladen – Cariim schweigt, man verbindet ihm die Wunde am Bein, während Amal ihre Geschichte erzählen soll, sie erwähnt nichts von den Nachbarn und Witwen, den Patronenmännern und Pässen, sondern sagt, dass sie somalische Austauschstudenten in Bratislava seien, doch als eine Polizistin mit grünen Plastikhandschuhen sie durchsucht und abtastet, findet sie die Reste des ukrainischen Geldes bei ihr, an ihrem Körper, auf ihrer Haut, da wissen sie, dass sie gelogen hat, und fragen, ob sie eine Hure sei – man nimmt ihnen Fingerabdrücke ab, fotografiert sie, wobei Amal darauf wartet, dass sie sich eine Tafel mit ihrem Namen und dem heutigen Datum vor die Brust halten sollen, wie sie es aus den amerikanischen Filmen kennt, aber die Polizistin stellt sie nur gerade vor eine graue Wand, gähnt und drückt, ohne auf das Display zu sehen, auf eine kleine Digitalkamera, Amal versucht sogar noch zu lächeln, als sie, unmittelbar bevor es blitzt, daran denkt, was Hanad ihnen gesagt hat, immer fröhlich und positiv wirken, egal was passiert, nicht weinen, nicht jammern, denn armen, klagenden Menschen wird zwar geholfen, aber man will sie auch schnell wieder loswerden – dann gibt die Polizistin ihnen noch zwei in Plastikdreiecke verpackte Sandwiches und sperrt sie in eine Zelle, in der schon andere Somalier gewesen sein müssen, denn über den Pritschen stehen verblasst Namen, Daten und Orte an die überstrichene Wand geschrieben oder eingeritzt, darunter auch ein paar somalische, *Maxamed Farah + Cali Xayle* und *Warsame 26.1.08*, und ein einzelner krakeliger Satz, *Waxaan halkaan joogay*, *Ich war hier* – Amal beginnt zu weinen, als sie diese Worte liest, die so auch täglich an viele beliebige Touristenattraktionen der Welt geschmiert werden, und sie kann nicht mehr aufhören, niemals, das wird ihr jetzt klar, hätte sie sich den Gedanken erlauben dürfen, sie hätten es geschafft, jedes Kind weiß, dass es sich rächt, wenn man sich zu früh freut – so kurz vor dem Ziel ist sie wieder eingesperrt in einer kalten Zelle mit hohem Fenster und Stäben daran, die einen nachts locken, auffordern, sich an ihnen aufzuhängen, eine entsetzliche Angst lässt Amal am ganzen Leib zittern, noch einmal Gefängnis, das schafft sie nicht, und als Cariim sie in den Arm nehmen will und sagt, alles wird gut, Amal, wir sind doch in Europa, da reißt sie sich los und schreit ihn an, ob er denn nie irgendwas verstehe, es ist vorbei, endgültig vorbei, sie haben unsere Fingerabdrücke, kapierst du das nicht, das heißt, wir werden immer wieder hierher zurückgebracht, egal, wohin wir gehen, und das heißt wieder nur Gefängnis und Lager und Kettenabschiebung in die Ukraine, und Cariim sitzt bloß schweigend auf der Kante seiner Pritsche und streicht mit der Hand über die blau-weiß karierte Bettwäsche, die vom vielen Waschen längst dünn und spröde geworden ist, bis Amal keine Luft mehr hat und ihr Gesicht in den Händen verbirgt, da sagt er leise zu ihr, danke, dass du mit mir in dem Auto geblieben bist, aber sofort fährt sie wieder hoch und brüllt, ich wünschte, ich wäre weggelaufen, dann hätte es wenigstens einer von uns geschafft, und dass so nun alles, alles umsonst gewesen sei – den ganzen Tag und die folgende Nacht liegen sie auf den Pritschen in der Zelle, immer wieder weint Amal, bis sie erschöpft einschläft und erneut aufgeschreckt wird von Cariims Klatschen, der versucht, sich die Mücken vom Leib zu halten, vom hohen Fiepen der Neonröhre über ihnen, die nur nachts für ein paar Stunden ausgeschaltet wird, und vom Flüstern der Stäbe – um nicht verrückt zu werden, zählt Amal Cariims ruhige Atemzüge im Schlaf und die Buchstaben in den Namen über ihrem Bett, *S-a-i-d H-a-d-r-a-w-i*, sie riecht an ihrem Daumen, der von der Tinte noch dunkel verfärbt ist, zieht den bitteren, metallischen Geruch tief ein und stellt sich vor, was sie selbst an den Tagen gemacht haben mag, deren Daten hier stehen, *14/10/2007*, da war sie zwölf, überlegt sie, und dass es der Herbst gewesen ist, in dem sie ein Fahrrad geschenkt bekommen hat und der Vater ihr gleich am ersten Tag zeigen musste, wie man einen Platten flickt, auch ihre Großmutter lebte da noch, der sie einmal nachmittags, als sie mit dem Esel im Wald waren, um trockene Holzreserven für den Winter zu holen, zu ihrem Entsetzen vormachte, wie die

Nachbarjungen zu 2Pac tanzten – sie muss darüber doch wieder eingeschlafen sein, denn als ein junger Polizist frühmorgens ihre Zelle aufschließt, ihnen ihre Beutel und ein paar Papiere reicht und ohne weitere Erklärung sagt, sie könnten gehen, da bekommt sie all das nur wie eingewattet mit, wie betäubt vom zu kurzen Schlaf, und überlässt sich bereitwillig, fast dankbar, der willenlosen Trägheit, mit der ihr Körper den Entscheidungen und Forderungen anderer folgt, eine Entlassungserklärung unterschreibt, ihr Geld entgegennimmt, sich schließlich zur Tür hinausschieben lässt und vor der Polizeistation auf der dunklen, windigen Straße friert – im Taxi, das wohl der junge Beamte für sie gerufen hat, fragt der Fahrer sie nicht, wohin sie wollen, sondern fährt gleich schweigend los, aus dem Radio kommt leise gedrehte slowakische Disco-Musik, und an der roten Digitalanzeige oberhalb der Armaturen erkennt Amal, dass es erst kurz nach fünf ist – Cariim beugt sich ganz nah über die Papiere und versucht, sie zu entziffern, fährt mit dem Finger die Zeilen entlang, verharrt bei einzelnen Wörtern, Amal entdeckt darauf ihren eigenen, in Großbuchstaben auf eine vorgestrichelte Linie geschriebenen Namen, das sind Transitdokumente, flüstert er schließlich, und Amal fragt, was das heiße, aber Cariim schiebt

nur die Unterlippe vor und zuckt die Achseln –
da lehnt Amal sich zurück und schließt die müden, schweren Augen, sie will nicht mehr nach draußen schauen, will keine weitere fremde Stadt im Tagesanbruch an sich vorbeiziehen sehen, sie wünscht sich zurück in ihre Träume von Zuhause, in denen ihr Vater noch lebt und ihre Großmutter, aber schon bald hält der Wagen wieder an, und der Fahrer winkt mürrisch ab, wedelt sie fort, als Cariim ihm Geld geben will – Amal steigt aus, vernimmt sogleich das gedämpfte, unverständliche Murmeln von Bahnsteigdurchsagen, liest den Schriftzug BRATISLAVA HLAVNÁ STANICA auf dem flachen, zweistöckigen Eingangsgebäude des Hauptbahnhofs, darunter erkennt sie die mit roten Werbestreifen beklebten, von innen beleuchteten Glasfassaden zwischen den grauen Geschossen, und eine weißgekleidete Frau mit einer Ledertasche in der Hand stöckelt eilig an ihnen vorbei zum Eingang, wohl um ihren Zug noch zu erwischen – Amal sieht im ersten Morgendämmer Farngewächse matt von der Balustrade des Mittelbalkons hängen und einen Putzmann, der gerade eine frische Tüte im Abfalleimer vor der Drehtür befestigt, da spürt sie, wie ihr Herz stolpert – aussetzt, bis sie auf einem Fahrplan in der Bahnhofshalle endlich einen Zug nach Wien finden,

bis

der Automat räuspernd zwei Fahrkarten für sie
auswirft, bis

sie im Abseits auf einer Bank warten, schweigend
verfolgen, wie die Halle sich langsam füllt, der
Geräuschpegel steigt, bis

Menschen ratternd Koffer an ihnen vorbeiziehen, bis

Fahrstuhltüren auf- und zugehen, ganze Familien
verschlingen, bis

Monitore flackern mit blauen und gelben Zeichen und Nummern von Zügen nach Trnava,
Zvolen, Budapest, Zagreb und Ostava, bis

Rolltreppen anfahren und wieder anhalten, bis

Menschen sich begrüßen und verabschieden, bis

Durchsagen ertönen, Pfiffe schrillen, der Saum
eines Sommerkleides aufweht, bis

Cariim aufsteht, um von einem Bäckereistand
Kaffee und Brote zu holen, bis

Amal sich fragt, ob all diese scheinbar willkürlich
und auf mehreren Ebenen durcheinanderlaufen-
den Reisenden in Wahrheit einer geheimen Lo-
sung folgen, sich wie Insekten lautlos nach einer
bestimmten Ordnung verständigen und sie selbst
nur hoch genug aufschweben müsste, bis

unter das Dach der Halle, wo das stärker wer-
dende Tageslicht sich zu einer Art Staubglitzern
verdichtet, um von dort in dem planlosen Wuseln

unter sich das Schwanken eines großen Schatten-
wesens zu erkennen, das einen Ausweg sucht aus
diesem Verlies, oder auch nur ein waberndes, in
sich verschlungenes und immer wieder neu sich
fügendes Muster von vollendeter Eleganz, bis
Cariim mit den dampfenden Pappbechern zu-
rückkommt und sagt, ihr Zug stehe schon auf
dem Gleis, bis
Amal heißer Kaffee über die Hand schwappt, als
sie über den Bahnsteig laufen bis
ganz nach hinten, wo das Dach endet, man ins
Freie tritt und das über allem liegende Lautgesumm der Halle mit jedem Schritt leiser wird, bis
sie sich im Zug zwei freie Sitze suchen, Vierer-
gruppen meiden, damit keine Ungesichter sie ansehen können, bis
Wien sind es nur eineinhalb Stunden, in denen sie
tief in die Sitze sinken, beklommen ihr Ticket einem Uniformmann reichen, der aber sonst nichts
von ihnen wissen will, nichts von den Nachbarn
und Witwen, den Patronenmännern und Pässen,
und Amal überlegt, ob sie jemals ein schöneres,
festeres Geräusch gehört hat als das Stanzen, mit
dem er ihren Fahrschein stempelt, bis
vor dem Fenster Landschaften vorbeiziehen, ge-
waltige Flächen aus Nadelbäumen und solchen
mit Mistelbüschen in den Zweigen, die Amal
entdecken, verfolgen, verspotten, siehst du uns,

sehen wird dich, bis

das Schaukeln des Zuges und seine gleichmäßig
dahinfließenden Schienengeräusche sie müde machen und nur das Piepen aus den Lautsprechern
und die Durchsagen in einer fremden Sprache sie
aus dem Halbschlaf schrecken, bis

sie immer seltener in kleinen Städten halten und
weniger verlassene Dörfer sich zwischen grüne
Hügel zwängen, kleine, leere Bahnhöfe sich zu
winden scheinen in undurchdringlichen Netzen
aus Schienen, Masten und Oberleitungen, bis

sie eine Weile entlang eines breiten Flusses fahren, auf dem Lastkähne und Ausflugsdampfer
unterwegs sind, an den Ufern tauchen seltsam
runde Bäume auf, dazwischen vereinzelt Menschen mit bunter Kleidung und Wanderstöcken
und einmal, weit entfernt, eine schwer bepackte
alte Frau, die ein Kinderfahrrad auf dem gebeug-
ten Rücken trägt, bis

eine Reihe von Tunneln ihren Zug verschluckt
und Amal sich vorstellt, wie sie kreuz und quer
durch die Eingeweide der Berge sausen, bis

sie sie wieder hochwürgen, aus- und dem nächsten zuspucken, bis

die wie eilig zusammengeschachtelten Dörfer
entlang der Strecke erneut größer werden und
die sauber abgezirkelten Farbflecken der Wiesen
und Felder kleiner, bis

sich Burgen mit runden Türmen und geschwungenen Mauern um die Bergkuppeln legen und ein Kühllastwagen eine ganze Weile parallel zu ihnen fährt, von dessen Seitenfläche Bilder riesiger Geflügelwürste prangen, bis

die Durchsage Orte wie Pama, Neudorf und Himberg ankündigt und Amal sich fragt, ob sie noch bis

Wien warten muss, bis

sie sich den Gedanken erlauben darf, dass sie es geschafft haben, und ob sie nicht größere Freude in sich spüren müsste, bis

Cariim ihr kurz vor der Ankunft ein Zeichen gibt, aufsteht und sie ihm schwankend folgt zwischen Beinen, Taschen und ausgebreiteten, auf den Gang ragenden Zeitungen hindurch bis

auf die Bordtoilette, wo sie sich mit einem Feuerzeug gegenseitig Finger für Finger die Kuppen versengen, damit keine Abdrücke von ihnen genommen werden können, bis

der Toilettenraum erfüllt ist von dem süßlichwürzigen Geruch verbrannten Fleisches und sie auf Taschentücher beißen, die sie sich in den Mund gestopft haben, um nicht laut zu schreien, um nicht zu würgen, bis

ihnen auch beim Aussteigen in Wien noch Tränen über die Gesichter laufen vor Schmerz, bis Amals Beine nachgeben, alles vor ihr ver-

schwimmt und hell wird und dunkel und wieder hell, bis

Cariim sich ihren Arm über die Schulter legt, sie stützt, durch die Menge schleppt, bis

das Lautgesumm der Halle erneut anhebt, sie wieder vor einem Fahrplan stehen, ein Automat sich räuspert, Koffer rattern, Rolltreppen anfahren, Schritte stöckeln, Durchsagen tönen, Sommerkleider aufwehen, bis

sie aufstehen, ein Gleis betreten, einen Zug Richtung München, bis

Amal die Augen schließt, während Cariim sie zu einem Sitzplatz führt, bis

der Zug anfährt, sie ihre Augen wieder öffnet – und ihr Herz weiterschlägt.

Editorische Notiz

Die vorliegende Erzählung berichtet – literarisch gestaltet – eine wahre Geschichte und beruht auf Gesprächen mit Amal, die in Wirklichkeit anders heißt. Ihre Flucht hat sich 2009/10 zugetragen und führte Amal schließlich nach München, wo sie – ebenso wie ihr *Bruder* Cariim – nach wie vor lebt. Ihre Mutter und Geschwister, die vor den Milizen in Somalia nach Äthiopien fliehen konnten, hat sie seitdem nicht wiedergesehen. Noch immer ist sie körperlich und seelisch von den beschriebenen Ereignissen gezeichnet. Sie ist heute zwanzig Jahre alt und macht eine Ausbildung zur Krankenschwester.

Cornelia von Schelling, Andrea Stickel (Hg.)
Die Hoffnung im Gepäck
Begegnungen mit Geflüchteten

Geflüchtete erzählen ihre Geschichten – mitreißend, berührend und eindrücklich. Sie erklären, warum sie ihre Heimat im »Spiel mit der letzten Chance« verlassen und welche Gefahren sie überwinden mussten.
Für die Anthologie zugunsten von Refugio München haben bekannte Autorinnen und Autoren diese Menschen getroffen oder sie haben über sich selbst geschrieben. Dabei entstanden Porträts, Berichte, Collagen und Gedichte, deren gemeinsamer Kern die Hoffnung ist.

164 S., Paperback, ISBN 978-3-86906-976-0

SCHENKEN SIE MORGEN

Seit über 20 Jahren bereitet Refugio München für Geflüch
tete Wege in eine hoffnungsvolle Zukunft. Diese Mensch
mussten aufgrund von Folter, politischer Verfolgung ode
kriegerischen Konflikten ihr Herkunftsland verlassen. Se
besondere Aufmerksamkeit schenkt Refugio Flüchtlings
kindern, die wir durch therapeutische und künstlerische
Angebote unterstützen.

Helfen Sie uns, auch in Zukunft zu helfer

refug*i*o
MÜNCHEN

Förderverein
Refugio
München e. V.

Bank für Sozialwirtschaft
IBAN: DE 54 7002 0500 0008 8278 00
BIC: BFSWDE33MUE

Weitere Informationen unter
Telefon 089 / 982 95 7 - 0
www.refugio-muenchen.de

Förderverein REFUGIO Münche
Rosenheimerstr. 38, 81669 Mün